王弟殿下のお気に入り
転生しても天敵から逃げられないようです!?

新山サホ

JN104196

22734

角川ビーンズ文庫

CONTENTS

クライド・ウォン・トルファ・サージェント
現国王の弟。とある理由からアシュリーを婚約者にする。勇者そっくりの美しい容姿。
アシュリー・エル・ウォルレット
勇者の子孫が王族として治めるトルファ国に転生してしまった伯爵令嬢。前世の記憶を持つ。
《前世》
下っ端魔族の黒ウサギ。勇者が率いる兵に殺された。勇者怖い。無理。
王弟殿下のお気に入り
転生しても天敵から逃げられないようです!?
CHARACTERS

ジャンヌ

宮殿から派遣された魔術師。
アシュリーを敵視するが
実は〇〇〇が大好き。

ハンク

宮殿から派遣された魔術師。
ノリのいい性格でお調子者。

黒狼

魔王の側近だった魔獣。
六百年前の戦争で
命を落としたと思われていたが——?

ユーリ

クライドの弟。
王族らしからぬ
クライドの言動に反感を持つ。

イラスト／comet

〈一〉　婚約と黒ウサギ

遠くで、鳥たちが一斉《いっせい》に羽ばたく音が聞こえた。

黒ウサギは素早《すばや》く上半身を起こし、警戒《けいかい》して辺りをうかがった。

ここは魔王《まおう》が治める魔国。黒ウサギはそこに住む魔族である。

魔族といっても見た目も能力もただのウサギと変わらない。黒いふわふわの毛並みに、つぶらな紫《むらさき》の目。ぴんと伸《の》びた長い二本の耳。

今日も柔《やわ》らかいオオバコの葉をたくさん食べ、満足して巣穴に戻《もど》ってきた。けれど朝からの強風のせいで、穴の入口が土に埋《う》もれていた。悲しくなり、長い耳が力なく垂れる。

その時だ。再び音が聞こえた。

今度は地鳴りのような響《ひび》きと、馬のいななく声。かすかだが、風にのって確かに聞こえた。

胸騒《むなさわ》ぎがする。不安から心臓がぎゅうっと縮む感じがした。

一昨日《おととい》、楡《にれ》の木陰《こかげ》で、魔族の黒狐《くろぎつね》たちが噂《うわさ》していたのを思い出した。

『戦《いくさ》の情勢はどうなの？　無敵だった我が魔国の勢いが、最近衰《おとろ》えてきたと耳にしたけど』

『魔王様を討とうと、南のトルファ国で勇者が立ち上がったそうだ。人間の兵士たちを率《ひき》いて、すごい勢いで領土を拡大していると。すでに魔国の南、ガフス地域に入ったとも聞いたぞ』

『人間の分際で生意気な。だが大丈夫《だいじょうぶ》だ。魔王様が負けるはずがない。勇者なんて、ひとひねりにしてくださるよ』――。

黒狐たちの言うとおり、誰《だれ》よりも強い魔王様が人間なんかに負けるはずがないと思う。

それなのに、不快で動揺《どうよう》を煽《あお》る音は一向にやまない。それどころか、どんどん大きくなる。

逃《に》げたほうがいい。気が小さい黒ウサギは、まさに脱兎《だっと》のごとく走り出した。

――が、遅《おそ》かった。

地鳴りのような音とは別の方向から、人間の兵士が十人ほど姿を見せた。

黒狐たちが噂していたトルファ国の兵士だ。本隊とは別に、先に侵入《しんにゅう》してきた少数精鋭《せいえい》の部隊なのだろう。甲冑《かっちゅう》姿の彼らは屈強《くっきょう》な体つきをしている。

狼狽《ろうばい》し、固まる黒ウサギの前で、

「このウサギも魔族だな。大した力は無さそうに見えるが、どうする？」

「魔族は全《すべ》て殺せ、との勇者様のご命令だ。血も涙《なみだ》も情もない魔族だぞ。トルファ国民が何人殺されたと思っている？　女も子どもも容赦《ようしゃ》なくだ」

兵士たちはみな、兜《かぶと》のようなバシネットとバイザーで頭と顔を覆《おお》っている。そのため表情は見えない。けれど吐《は》き捨てるような口調は憎《にく》しみに満ちていた。

逃げないと殺される！　焦《あせ》るのに、恐怖《きょうふ》で体が動かない。

兵士が剣《けん》を抜《ぬ》いた。目の前で光る鋭《するど》い剣先に、身が竦《すく》む。

よく見れば兵士たちの甲冑は傷と血にまみれている。仲間の魔族の血なのだ。そして自分もこれから、この血の一部になるのだ。そんなことを考えたら頭の中が真っ白になった。

「観念しろ、憎き魔族め！」

鳴き声を上げる間もない。鋭い刃《やいば》が自分に振《ふ》り下ろされるのが、まるでスローモーションのように見えた。

こんなの嘘《うそ》だ。嫌《いや》だ、死にたくない。誰か助けて……！

その時、兵士たちの後ろにいた男がおもむろに顔を覆っていたバイザーを外した。

少し距離《きょり》があるため、顔の造作までは見えない。けれど風になびく見事な金の髪《かみ》と、こちらを射貫《いぬ》く鮮《あざ》やかな緑色の目が脳裏《のうり》に焼き付いた。

楡の木陰で、黒狐たちはこうも言っていたっけ。

『トルファ国の勇者は、金の髪と緑色の目をしているそうだ』――。

「殺せ」と、男が言った。背筋が凍《こお》るような冷たい声だ。

命令どおり、刃が黒ウサギの心臓を貫《つらぬ》いた。喉《のど》の奥からせり上がってくる息苦しさと、突然《とつぜん》命を奪《うば》われる悔《くや》しさ、それに激しい悲しみが入り混じる。

薄《うす》れゆく意識の中、あれが勇者なのだと悟《さと》った。

魔族の命を奪えと命じている。

自分は彼のせいで命を終えるのだ、と――。


「今からおよそ六百年前、東の小国だった魔国の魔王は、次々と近隣《きんりん》諸国に攻《せ》め入りました。その勢いはすさまじく、たくさんの国が滅《ほろ》ぼされ、魔国に吸収されました。そして魔王はついに、このトルファ国にまで手を伸ばしたのです！　魔王を始め魔族たちは、トルファ国民の命を容赦なく奪いました！」

涙ながらに、自国の歴史を教える教師。

生徒たちはみな真剣な顔で聞いている。

そんな中、アシュリー・エル・ウォルレットは一人、割り切れない気持ちでいた。

（確かに魔族はトルファ国民の命を奪ったけど、でもトルファ国の兵士だって魔族の命を奪ったんだから……）

口にしたところで、誰からも同意を得られないとわかっている。

それでも前世は魔族の黒ウサギだった、という記憶《きおく》を持つアシュリーは、素直《すなお》に頷《うなず》けない。

トルファ国の伯爵令嬢《はくしやくれいじよう》として転生したアシュリーが前世を思い出したのは、ちょうど十歳になった時だ。

高熱で寝込《ねこ》んだ時、膨大《ぼうだい》な記憶が突如襲《とつじょおそ》ってきてパニックになった。特に死に際《ぎわ》の思い出は苛烈《かれつ》で、熱が治まってからも金の髪や緑色の目をした友人やメイドが怖《こわ》かったものだ。

そんなアシュリーに家族は首を傾《かし》げた。けれど特に思い当たる節もなかったことから、思春期の通り道として片付けられた。アシュリーの元々好きな友人やメイドだったので、すぐに元通りになったこともある。

遠い目をして思い出すアシュリーの前で、教師の熱弁は続く。

「そんなトルファ国の危機に、一人の勇者様が立ち上がりました。なびく金の髪に緑色の目をした強く気高い勇者様は、死闘《しとう》の末に魔王を討ち取ったのです！　魔族は滅び、トルファ国に平和が訪《おとず》れました。勇者様はトルファの王女と結婚《けっこん》し、この国は代々勇者様の子孫が治められているのです！」

(勇者！)

その言葉を聞いただけで、今でも背筋が冷たくなる。

前世で一突《ひとつ》きされた左胸の辺りが、痛みを伴《ともな》った。

高い山脈に隔《へだ》てられていた当時の魔国は、今やすべてトルファ国の領土となっている。最初に攻め入った魔国が悪いと、歴史を学んだ今ではわかる。けれど簡単には割り切れないし、皆のように勇者を称《たた》える気にも到底《とうてい》なれない。

「ララー。勇者様は━素晴《すば》らしい━」と、トルファ国民なら誰でも知る国民歌が流れた。

(勇者が素晴らしい？　そんなわけないわ。怖いだけよ)

死に際の恐怖がまざまざとよみがえり、ゾッとした。

(……何にせよ、平和が一番だわ)

心から思う。理不尽《りふじん》に命を奪われるのはもうごめんだ。

この平和な世界で、つつましく穏《おだ》やかに生きていきたい。

──と、それだけが願いなのに。

(デビュタントの日が近づいてくるわ……)

恐《おそ》ろしくてたまらない。

このトルファ国は階級社会である。

王族を頂点とし、貴族や地主などの上流階級、聖職者や医師といった専門職と、金融《きんゆう》業や企《き》業家《ぎょうか》などの中流階級、そして労働者たちの下流階級に分かれている。

上流と中流階級の子どもたちは、男女ともに十七歳で社交界へ出る。

そのための大事な儀式が、デビュタント──王族への拝謁《はいえつ》なのだ。

子息たちは国王に、子女たちは王妃《おうひ》に、それぞれ分かれて謁見《えっけん》する。これを済ませると、社交界に受け入れられ紳士淑女《しんししゅくじょ》だと認められる。

伯爵令嬢にとって、デビュタントは避《さ》けて通れない道だとわかっている。

けれど――。

(デビュタントの場所は、国王陛下の宮殿《きゅうでん》なのよ!?)

この国の直系王族は勇者の子孫である。

宮殿のある王都カタリアに行くのも初めてなのに、さらに王族の住まいそのものへ向かわねばならないなんて恐ろし過ぎる。

幸いにも王妃は隣国から嫁《とつ》いできた女性だ。拝謁の場である王妃の謁見の間も、国王のものとは建物自体が違《ちが》う。だから王族そのものと顔を合わせることはない、と聞いた。

それでも勇者の子孫たちがすぐ近くにいる。さらに護衛の兵士たちも。

考えるだけで身の毛がよだつ。

(せっかく今まで平和に過ごせたのに……)

行きたくない。避けられるものなら避けたい。

たまらず、両親にその旨《むね》を伝えた。すると両親は顔を見合わせて盛大に笑った。娘《むすめ》のとっておきの冗談《じょうだん》だと思ったようだ。

「何を言いだすかと思えば。国中の男女が待ち望む場だぞ。ああ、そうか。アシュリーは緊《きん》張《ちょう》しているんだな。大丈夫、何も怖いことはないよ」

「そうよ。とってもおきのドレスを選んであげますからね。これでアシュリーも社交界デビューね。結婚相手候補の素敵《すてき》な男性がたくさんいるわよ。ああ、楽しみだわ!」

体調を崩《くず》せば行かなくていいかもしれないと思い、薄着で過ごすことにした。けれどちっとも風邪《かぜ》をひかない。それどころか、ばれて母にこっぴどく叱《しか》られた。

領地内の納屋《なや》に、しばらく身を潜《ひそ》めようともした。が、荷物をまとめている間にメイドにばれて、また母から叱られた。

（もう打つ手がないわ……）

不安と恐怖で胃が痛い。

そんな中、ついにデビュタントの日がやってきた。

裾《すそ》にレースのついたシルクのペチコート。その上から着る水色のドレスは、アシュリーの小《こ》柄《がら》な体にフィットするデザインである。袖《そで》も同じレースで装飾《そうしょく》されている。

腰《こし》から垂れるサテン地の濃《こ》い青色のトレーンは、床《ゆか》に引きずるほどの長さだ。

ふんわりと波打つ黒髪は一つにまとめ、目の色と同じ紫《むらさき》のアメジストを埋《う》め込んだ大きな花《はな》飾《かざ》りを挿《さ》してある。

これほど豪華《ごうか》な正装は初めてだ。本来ならワクワクするところだけれど、とてもそんな気にはなれない。

アシュリーは元来きらびやかな場所が苦手で、ウサギの巣穴のような薄暗くて狭《せま》くて静かな場所のほうが落ち着く。そういう性格も影響《えいきょう》しているかもしれないけれど――。

陽《ひ》が落ち、馬車を飛ばして宮殿へ向かった。門の前は、デビュタントの子息子女を乗せた馬車で大混雑だ。

父と別れたアシュリーは、死地に向かう覚悟《かくご》で馬車を降りた。

最初の難関は、門番の兵士である。

前世の兵士とは違う人間だと重々承知している。だがその姿から少しでも前世を思い起こしてしまったら、とてもそこから先に進める自信がない。

恐る恐る門番に視線を向けた。

（……普通《ふつう》の軍服だわ）

灰色の軍服に、同じく灰色の帽子《ぼうし》をかぶっている。帽子には黒の羽飾りがついていた。

考えてみれば、この平和な時代に甲冑《かっちゅう》姿のわけがない。それに生真面目《きまじめ》な顔で訪問者たちに敬礼する姿は、前世の殺気を放っていたそれとはまるで違った。

（……なんだ）

拍子抜《ひょうしぬ》けして、もしかして自分は怖《こわ》がり過ぎていたのかもしれないな、とまで思った。

何しろ六百年も経《た》つのだ。

それでも警戒《けいかい》はおこたらずに、門をくぐる。何度も身分証明をして、大きなシャンデリアが垂れ下がる壮麗《そうれい》なホールを横切り階段を上った。

順番待ちをする大広間に着くと、着飾った少女たちでいっぱいだった。皆《みな》、誇《ほこ》らしげな顔をしている。

途端《とたん》に、羨《うらや》ましいような疎《そ》外感《がいかん》のようなものが胸を突《つ》いた。

年も、境遇《きょうぐう》も、正装した姿も同じなのに、魔族《まぞく》としての前世の記憶《きおく》があるアシュリーは皆と同じようにこの場を喜べない。

（……仕方ないじゃないの）

うつむきがちに大広間を抜けて、王妃の謁見の間へつながる金の間へ入った。

そこで、拝謁を待つ長い列に並ぶ。

（別にいいじゃない）

思い直して顔を上げた。前世は変えられない。

それにここまでは直系王族の姿を見ずに済んだ。このまま王妃への拝謁を無難にこなして、早く家に帰ろう。

そして王族とも勇者とも関係なく、平和に、心穏《こころおだ》やかに暮らすのだ。

そう決意した時、

「次！　アシュリー・エル・ウォルレット。入れ！」

と、名を呼ばれた。緊張しながら謁見の間へ足を踏《ふ》み入れる。

真っ赤な絨毯《じゅうたん》が敷《し》かれた奥、大きなダイヤモンドが埋め込まれた金の玉座に王妃が座っていた。

王妃の後ろには、上級貴族や縁戚《えんせき》関係の者たちが並んでいる。

分厚い絨毯の上をゆっくりと進み、王妃の前で深々とお辞儀《じぎ》をした。差し出された手を取り、指先を自分の額に軽くつける。これが正式な挨拶《あいさつ》だ。

挨拶を終えると、退出のためそろそろと後ずさる。王妃に背中は向けられない。扉《とびら》を出るまでは、ひたすら後ずさりだ。床を引きずる長いトレーンをたくし上げるのも許されない。だから、その裾を踏まないように細心の注意を払《はら》っていた――はずなのに。

「ひゃああ⁉」

見事にトレーンの裾を踏んづけてしまった。ようやく終わったという安心感から、気が緩《ゆる》んだのかもしれない。淑女にあるまじき叫《さけ》び声を上げて、後ろにひっくり返る格好になってしまった。

（嘘《うそ》でしょう⁉）

心臓が冷たく縮む感じがする。恥《はじ》も外聞もなく、懸命《けんめい》に両手を振《ふ》ってバランスを保とうとしたが、無理だ。

カエルのごとくひっくり返りながら、視界の端《はし》に、驚《おどろ》きに目を見開く王妃と貴族たちの姿が映った。

拝謁の場で粗相《そそう》をすれば、二度と社交界には出られない。そうなれば貴族令嬢《れいじょう》にとっての将来はおしまいである。

（どうしてこんなことに……穏やかに、平和に生きていたいだけなのに……！）

薄暗《うすぐら》くて静かな場所は好きだけれど、自分から好んでこもることと、こもらなければいけなくなることは違う。絶対に違う。

恥《は》ずかしさと恐怖《きょうふ》で、体の芯《しん》から冷たく固まっていく気がした。

不意に、前世の死に際《ぎわ》を思い出した。もう駄目《だめ》だという絶望。

もちろん実際の死とは重みが違うけれど、希望が潰《つい》える恐怖は同じだ。

（嘘。こんなの嫌《いや》。誰《だれ》か、誰か助けて……！）

前世でも今世でも、どうして自分にはこんな悪いことばかり起きるのか――。

次の瞬間《しゅんかん》、背後から強い力で肩《かた》を支えられた。

「大丈夫《だいじょうぶ》？」

気遣《きづか》うような男性の声が、耳元で聞こえた。縮み切った心に染《し》み込む、優《やさ》しい声音《こわね》だ。

そのまま力強く肩を押し上げられた。

真っ白になった頭で、無様に後ろに倒《たお》れ込む寸前、彼が支えてくれたのだとわかった。

助かったのだ。

「あ、ありがとうございます！　ありがとうございます！」

振り返り、救いの主に全力で何度も頭を下げた。

いくら感謝してもしきれない。本当に泣きたくなるくらい嬉《うれ》しかった。

「どういたしまして」

アシュリーの大仰《おおぎよう》な感謝がおかしかったのか、含《ふく》み笑いのような声が返ってきた。

顔を上げると、まるで絵画から抜け出してきたような姿がそこにあった。

二十歳過ぎほどの青年だ。均整の取れた長身を金ボタンのついた黒の礼服に包み、彫像《ちようぞう》のように整った顔立ちをしている。

けれど——。

(勇者と一緒《いつしよ》だわ……)

彼の見事な金の髪《かみ》と鮮《あざ》やかな緑色の目に、一瞬で心が冷えた。前世で見た姿がくっきりとよみがえるほど、髪の色も目の色も勇者と酷似《こくじ》している。

(嫌だ、私ったらなんて失礼なことを……!)

金髪《きんぱつ》に緑色の目を持つ人なんて、直系王族以外にだっているじゃないか。

助けてもらったのだ。彼がいなければ、アシュリーは今頃《いまごろ》この絨毯の上で、失った将来に一人で震《ふる》えているしかなかった。

反省し、もう一度深く頭を下げた。

「本当に、本当にありがとうございます!」

「もう気にしないでいいから」

苦笑《くしよう》混じりの声が返ってきた。その時、

(……何かしら？)

ほのかに鼻をくすぐる匂《にお》いに気がついた。金の肩章《けんしょう》がついた彼のジャケット、その胸元《むなもと》のポケットに入ったハンカチからだ。香水《こうすい》かと思ったが違《ちが》う。

お行儀《ぎょうぎ》が悪いと思ったけれど好奇心《こうきしん》に勝てなかった。鼻を近づけて、思いきり息を吸い込んだ。

彼がギョッとしたように体を引く。

(この匂い……何だったかしら？)

腐《くさ》った卵と、濃《こ》い草木の香《かお》りが混じったような独特の匂い。

いい香りだとは言い難《がた》いし、体に合わないのか、少し気持ち悪くなってきた。けれど不思議と懐《なつ》かしく感じるのだ。郷愁《きょうしゅう》というか、遠い昔に嗅《か》いだことがあるように心地《ここち》いい——。

「いい匂い……」

心のままに微笑《ほほえ》むと、彼が大きく目を見張った。そして、

「へえ」

と先ほどの穏やかなものとは違う、興味深そうな笑《え》みを浮《う》かべた。

王宮での拝謁《はいえつ》から三日が経った。

ウォルレット家の居間で、昼寝《ひるね》から目覚めたアシュリーはぐうっと伸《の》びをした。

ソファーでうたた寝をしていたせいで、体の節々が痛い。

天気のいい昼下がり、象牙《ぞうげ》細工のテーブルの脇《わき》で母と妹が新しいドレスの生地《きじ》を選んでいる。

天井《てんじょう》から垂れ下がったシャンデリアが、窓から入る日差しにきらめく。

居間の隅《すみ》には石造りの大きな暖炉《だんろ》が備え付けられているが、今の時季は暖かいので使っていない。そこへ、

「喜べ！ アシュリーの婚約《こんやく》が決まったぞ」と、父が満面の笑みで飛び込んできた。「お相手はなんと、あのサージェント侯爵《こうしゃく》だ！」

「ええ――っ⁉」

アシュリーと母と妹は同時に叫んだ。

サージェント家は十二代続く由緒《ゆいしょ》正しき家柄《いえがら》で、名高い魔術師《まじゅつし》を何人も輩出《はいしゅつ》してきた名門である。

四年前に亡《な》くなった前侯爵には子供がおらず、親戚《しんせき》に当たる今の若き当主に爵位を譲《ゆず》った。

財と地位を備えた二十一歳の侯爵は、さらに類稀《たぐいまれ》な美形であるとの噂《うわさ》だ。ゆえに結婚相手として人気絶大なのだが、持ち込まれる縁談《えんだん》を笑顔で断り続けている。

しかも当の本人は、滅多《めった》に社交界に姿を見せない。存在だけは広く知られているけれど、実際に姿を見た者は稀なのである。

もちろん家に閉じこもるのが好きなアシュリーは、お目にかかったことなどない。

(それほどの方と私が？　一体どうして？)

訳がわからない。困惑《こんわく》するアシュリーに、

「なんと侯爵からの申し入れだぞ！　私の狩《か》り仲間である王室長官が間を取り持ってくれてね。いや、めでたい！」

「なぜ――」

なぜ王室長官が？　という質問は、母と妹の興奮した声にかき消された。

「まあまあ！　アシュリーったらすごいじゃないの。内緒《ないしょ》にしていたようだけど、宮殿《きゅうでん》での拝謁でカエルのように転びかけたと、カダン伯爵《はくしゃく》の奥様から聞いたのよ。この子は嫁《よめ》に行けるのかと本気で心配したけど、まさかのサージェント侯爵！　さすが私の娘《むすめ》だわ」

「お姉様、すごいじゃない！　いっつも暗い部屋の中で、布団《ふとん》にくるまってごろごろしているだけだと思ってたけど。すごいわ、尊敬する！」

宮殿でのことも普段《ふだん》の生態もばれていたのかと、ちょっと遠い目になった。

(それよりもサージェント侯爵と婚約したら、私、注目されるんじゃないかしら……？)

あの侯爵の相手だ、さぞかし素敵《すてき》な令嬢だろうと皆《みな》から関心を持たれる気がする。

(そんなの嫌)

光栄な話だと承知している。けれど決して目立たず、狭《せま》くて薄暗《うすぐら》い場所で静かに過ごしたいアシュリーには荷が重い。

それにどうして自分が選ばれたのか、まるでわからない。

決して人目を惹《ひ》くような美女ではない。それに貴族の結婚相手として求められる、使用人をてきぱきと使ったり、サロンの人間関係を円滑《えんかつ》に回せるような社交的な性格でもないのに。

「めでたい話はこれだけじゃないんだ！」

父の顔はこれ以上ないほど喜びに満ちている。なぜか嫌な予感がした。

「王室長官がこっそりと教えてくれたんだが、サージェント侯爵はなんと！　国王陛下の弟君であらせられるんだ！」

（えっ……？）

聞き間違いだと思った。絶対に聞き間違いだ。だって、そうでないと――！

しかし必死の祈《いの》りは、母と妹の歓喜《かんき》の絶叫《ぜっきょう》に打ち破られた。

「あなた、それ本当なの⁉　じゃあ、うちは王族と親戚になれるのね！」

「弟君！　それって三男のユーリ殿下《でんか》？　それとも四男のジョッシュ殿下のこと？　あれ、でもジョッシュ殿下はまだ十一歳になられたばかりよね。じゃあユーリ殿下がお相手なの？」

父が首を横に振《ふ》った。

「いいや、次男のクライド殿下だよ」

クライドは亡くなった前国王の二番目の息子《むすこ》で、現国王のすぐ下の弟である。

つまりは直系王族だ。恐怖と驚愕《きょうがく》がアシュリーの体を貫《つらぬ》いた。

母と妹が顔を見合わせた。

「クライド殿下といえば、お体があまりご丈夫《じょうぶ》でなくて、宮殿の奥にこもっていらっしゃるのよね？　決して人前に出てこられないから、身近な王室関係者しかその姿をご覧になったことがないと聞いたわ」

「でも幼い頃《ころ》――六、七歳くらいまではお元気で、他《ほか》のご兄弟と一緒に人前にお出になっていたんでしょう？　まるで天使のように愛らしいご容貌《ようぼう》だったって。ちょうどその頃に体調を崩《くず》されて、それ以来臥《ふ》せっておられるのよね」

父が頷《うなず》く。

「そう。その方だよ。クライド・ウォン・トルファ・サージェント侯だ。ただし病弱というのは嘘《うそ》だ。実際にクライド殿下にもお会いしたが、至ってご健康でおられる。サージェント家は王室と縁戚関係にあり、昔から特別懇意《こんい》にしておられるそうだ。クライド殿下は七歳で養子にいくと決まったが、それを快く思わない貴族たちもいる。内密にするために、病気だと嘘をつき人前に姿を見せられなくなったそうだ」

「だからサージェント家を継《つ》がれた後も、公《おおやけ》に姿をお見せにならないのね」

「サージェント家って代々魔術師を輩出している名門だからか、どこか近寄りがたいというか謎《なぞ》めいているわよね。でも、なるほどね。そういう事情もあったのね」

わずかな王室関係者しか知らない情報を知り、家族は嬉《うれ》しそうに頷き合う。

その横でアシュリーは一人、極限状態に陥《おちい》っていた。

(無理！　絶対に無理だわ!!)

激しい拒否《きょひ》と同時に、左胸に鋭《するど》い痛みを感じた。前世で兵士に一突《ひとつ》きされた場所だ。あの時の、体の中心から冷たく凍《こお》りつくような恐怖《きょうふ》が足元から這《は》い上がる。

アシュリーは父に視線を向けた。

伯爵家から上の侯爵家へ、しかも王族の申し込みを断るなんて有り得ない。平和な時代だから首までは飛ばないだろうが、アシュリー一家は確実に路頭に迷うだろう。

それでも、それでも、これだけは絶対に無理だ。

(……待って。せめて侯爵の外見が、髪《かみ》と目の色が、勇者と全く違《ちが》っておられたら耐《た》えられるかもしれない)

今世の大事な家族を困らせるわけにはいかない。一縷《いちる》の望みをかけて聞いた。

「お父様。侯爵の見た目は、その、どういった感じなのですか？」

「ああ、それは気になるよな。なんたってお前の婚約者だ」

「そのとおりです!!」

「……そうだな。しかし心配しなくても大丈夫《だいじょうぶ》だぞ。噂どおりの美貌《びぼう》であられた。父が思わず見とれてしまったほどに。よかったなあ、アシュリー」

違う。もどかしくて何度も首を左右に振った。

重要なのはそこではない。一番大事なことは――。

「ああ、それと前国王陛下お譲りの、というよりはトルファの功労者であられる勇者様お譲りの、見事な金の髪と緑色の目をしておられる。それはもう見事なほどに」

（無理だわ――っ!!）

アシュリーは天を仰《あお》いだ。

一縷の望みは完全に絶たれた。ああ、どうしよう。本当に無理だ。

「あの、お父様。本当に、本当に、心から申し訳ないと思うのですが――」

「まあ、あなた！　そんないいお話、早くお受けしなくてはお相手に失礼じゃなくて？」

「大丈夫だよ。もうとっくにお受けした。王室長官と事務弁護士の立会いの下《もと》、クライド殿下と婚姻《こんいん》資金や持参金などについてもお話をしてきた。すでに契約《けいやく》書に印も押してきたからね。安心しなさい、アシュリー」

（すでに婚約が成立しているのね……）

目の前が真っ暗になるとはこのことである。

「いや、実にめでたい！　これほどの幸運が我が家に降りかかろうとは。アシュリーのおかげだな。ああ、そうだ。侯爵が『事情があってサージェント家を離《はな》れられない。だから悪いが、婚約期間はこちらにはそれほど来られないと思う』とおっしゃっていたよ」

「問題ないわ、あなた。アシュリーがあちらへ会いにいけばいいだけですもの。ああ、夢のようだわ！　留学中のカイルスにも知らせないとね」

「お兄様もびっくりするわよ。私も友人たちに自慢《じまん》したいけど、侯爵《こうしゃく》が王弟殿下だということは内密なのよね。我慢《がまん》するわ。でも本当にすごい。おめでとう、お姉様！」

今にも倒《たお》れそうなアシュリーの前で、家族は喜色満面で居間を飛び回っていた。

ウォルレット家は、国南部の海沿い、第二の都市トリタンにある。

そこから国の中心地である王都カタリアまでの鉄道が開通したばかりだ。

もくもくと黒い煙《けむり》を吐《は》く満員の機関車に揺《ゆ》られて一泊《ぱく》した後で、アシュリーは馬車に乗り込んだ。荷物持ちの使用人たちと一緒《いっしょ》にサージェント家に着いた頃には、とっぷりと日が暮れていた。

婚約の手始めとして、クライドの屋敷《やしき》にしばらく滞在《たいざい》することになった。けれど――。

（ああ、帰りたい。今すぐ逃《に》げ出したい……）

前世の忌《い》まわしい記憶《きおく》がまざまざとよみがえり、吐き気すらする。

「着きましたよ」

絶望を誘《さそ》う言葉に、アシュリーはのろのろと顔を上げた。

サージェント家は広大な敷地《しきち》に建つ、白壁《しらかべ》にグレーの屋根の大邸宅《だいていたく》だった。裏に林が広がる三階建ての母屋《おもや》と、通路でつながった別棟《べつむね》。それにレンガ造りの立派な二階建ての厩舎《きゅうしゃ》が、放牧場の中と、敷地の奥にそれぞれ一つずつある。

長旅と不必要な気疲《きづか》れとで、アシュリーは疲《つか》れ切っていた。

けれどまずは、侯爵本人に会わなければならない。

客用の応接室には、アイビーの蔦《つた》模様が細かく織り込まれた絨毯《じゅうたん》が敷《し》かれている。アシュリーは、背もたれと肘置《ひじお》きに真鍮《しんちゅう》製の飾《かざ》りがついたソファーに、おずおずと腰《こし》を下ろした。

緊張《きんちょう》と不安から、膝《ひざ》の上で組んだ両手が震《ふる》える。なんとか止めようとするけれど無理だ。

扉《とびら》がノックされ、ゆっくりと開いた。

「お目にかかるのは二度目ですね、アシュリー嬢《じょう》」

聞き覚えのある声に、恐《おそ》る恐る顔を上げる。

目の前でにっこりと微笑《ほほえ》む婚約者は、父が言ったとおりとても見目麗《みめうるわ》しい。そして勇者譲《ゆず》りの金髪《きんぱつ》と緑色の目をしていた。足元から恐怖が這い上がる。けれど、

(この方は……！)

なんと宮殿《きゅうでん》で助けてくれた青年ではないか。

(この方がサージェント侯爵で、王弟《おうてい》のクライド殿下なの？)

なんたる偶然《ぐうぜん》。咄嗟《とっさ》に救われた時の安堵感《あんどかん》を思い出し、手の震えが止まった。

（あら？　もしかして、意外と大丈夫かしら？）

想像もしなかった希望に、胸が沸《わ》き立つ。

その瞬間《しゅんかん》、金の髪と緑色の目が視界いっぱいに広がった。

（いいえ、無理だわ!!）

クライドはまごうことなき勇者の子孫なのだ。

前世で勇者の顔はよく見えなかったけれど、一体どういう顔をしていたのか。似顔絵は今もたくさんあるが、何しろ六百年も前のことだ。言い伝えで描《えが》かれているため、絵によって顔が違《ちが》う。

（もしかしてクライド様は勇者に似ているのかしら？）

自分を殺せと命じた、勇者の顔と。そんなことを考えたら恐怖が骨の髄《ずい》まで染《し》み込んできた。

ああ、今すぐ家に帰りたい。慣れ親しんだ自室のベッドで、全《すべ》てを忘れて毛布にすっぽりとくるまって眠《ねむ》りたい。

「アシュリー嬢？」

固まったまま現実逃避《とうひ》をしているアシュリーに、クライドがけげんな顔をした。

「どうかした？　ああ、もしかして長旅で疲れた？　そうだよね。寝室《しんしつ》へ案内するよ」

アシュリーの革《かわ》の鞄《かばん》を持ち「こっちだよ」と階段を上り始める。

主人自らありがたいことだが、せめて案内は使用人に頼《たの》んでほしかった。泣きたい気持ちで

後をついていきながら、

(助けてくれた……助けてくれた……)

と、心の中で繰《く》り返した。

アシュリー用にしつらえられた部屋は、母屋の中央階段を上ってすぐの二階、窓から庭が見下ろせる二部屋だった。一方が寝室、もう一方が居室になる。

クライドが扉《とびら》に手をかけて開けたまま「どうぞ」と中へ通してくれた。

「疲れただろうから、ゆっくり休んで。それとうちの敷地内にある厩舎だけど――放牧場の中にある厩舎ではなく、奥の赤い屋根の厩舎ね。あそこには絶対に近寄らないで欲しい。もし近寄ったら――命の保証はできない」

(命!?)

勇者の子孫にそんなことを言われては、さらに震え上がるしかない。

「わかりました！　絶対に近寄りません！」

「――そう。よかったよ。ゆっくり休んでね」

クライドが出て行くと、アシュリーはふらふらとソファーに座りこんだ。

(限界だわ……)

一緒にやってきたウォルレット家のメイド二人と御者《ぎょしゃ》は、すでに三階の使用人用寝室へ行ってしまった。

このままここでやっていけるだろうか。精神的な疲労《ひろう》も相まって、心細いことこの上ない。

泣きたい気持ちで部屋を見回した。壁際《かべぎわ》に大きな天蓋《てんがい》付きのベッド。ビロード地の茶色とベージュの二色のカーテンが、タッセルのついた組み紐《ひも》で留められている。

小さなテーブルには、アシュリーの目の色に合わせてくれたのか、紫《むらさき》のライラックの花が飾られていた。白い壁には淡《あわ》い色合いの絵画が掛《か》けられ、燭台《しょくだい》のやわらかなオレンジ色の明かりで照らされている。

(なんだか落ち着く気がする。居心地《いごこち》がいいというか……)

サージェント家のメイドたちが用意してくれたのだろうか。

ゆっくりと深呼吸したら、気分がやわらいだ。

少し元気が出てきて、手早く寝間着《ねまき》に着替《きが》えた。カーテンと同じ柄《がら》の羽毛布団《うもうぶとん》にもぐりこむ。

枕《まくら》からほんのりラベンダーの香《かお》りがした。詰《つ》め物の一部に、乾燥《かんそう》させた花びらを入れてあるのだろう。心地《ここち》よい香りに頭ごと包まれ、緊張と恐怖《きょうふ》でこわばっていた体から力が抜《ぬ》けた。

横を向いて体を丸めた。

(不思議だわ)

ここへきたら眠れる日はないかもしれないと覚悟《かくご》していたのに。

目を閉じた途端《とたん》、引きこまれるように眠りについた。

翌朝、実家から一緒にやってきたメイドたちに身支度《みじたく》を手伝ってもらっていると、扉がノックされた。

ツイードの黒のスーツを着た執事《しつじ》が、落ち着いた笑《え》みを浮《う》かべて一礼した。

「おはようございます、アシュリー様。当家の執事を務めておりますフェルナンと申します。昨夜はよく眠れましたか？」

「はい。枕からラベンダーのいい香りがして、すぐに寝てしまいました」

フェルナンが嬉《うれ》しそうに笑う。

「それは、ようございました。ここだけの話、実はアシュリー様に少しでもリラックスしていただけるようにと、旦那様《だんなさま》からの申し付けにございます」

（クライド様本人だったんだわ）

驚《おどろ》いた。やはりクライドは宮殿で助けてくれたとおり、優《やさ》しい人なのだ。

「こちらはハウスメイド長のロザリーです。アシュリー様のお世話をいたします」

白い丸襟《まるえり》がついたサージ生地《きじ》のワンピース、その上からエプロンをつけたロザリーが微笑んで頭を下げた。少し垂れた目が親しみやすさを感じる。

アシュリーも笑顔を返した。

「食堂はこちらでございます」

（緊張してきたわ）

クライドに会うことが、である。

先ほどのフェルナンの言葉と宮殿でのことから、優しい人だとわかっている。だがやはり、前世の記憶《きおく》のせいで怖《こわ》いと思ってしまうのだ。理屈《りくつ》ではない。

庭に面した明るい食堂は、アシュリーの私室のちょうど真下にあたる。白を基調とした室内、壁際に置かれた棚《たな》には、よく磨《みが》きこまれた銀器がずらりと並んでいた。

「おはようございます……」

恐る恐る足を踏《ふ》み入れた。警戒《けいかい》して素早《すばや》く中を見回すが、クライドの姿はない。よかった、とホッとして大きく息を吐《は》く。

けれどロザリーも、給仕《きゅうじ》をするキッチンメイドたちも、クライドの姿が見えないことにアシュリーが落胆《らくたん》したと勘違《かんちが》いしたようだ。一様に顔を曇《くも》らせた。

「申し訳ありません、アシュリー様！　旦那様は昨晩遅《おそ》くから、奥の廏舎にこもりっきりなのです」

「決して、アシュリー様に冷たい態度をとっているわけではないのです。ただ、あの廏舎は旦那様にとって特別と申しますか、その――」

「いえ、大丈夫《だいじょうぶ》ですよ」

ウサギなら体をひねりながら陽気にジャンプしているところだ。クライドに会わないで済むなら、むしろ気が楽になった。

「朝食、いただきますね」

鼻歌でも歌いたい気分で長テーブルに着いた。十人は座れそうな大きさだ。

テーブルの中央には、新鮮《しんせん》な果物が載《の》った銀製のスタンドと燭台が置いてある。その横には
ワインを飲む時に使うデカンター。

そしてアシュリーの前には、鶏肉《とりにく》と数種類の野菜を濃厚《のうこう》なソースで煮込《にこ》んだものや、焼きたてのパン、しぼりたてのオレンジジュースやミルクなどが並んでいた。

クライドがいない──外に出ているのではなく屋敷《やしき》の中にいるのに出てこない──ことへのお詫《わ》びのように、ずらりと並べられた朝食を、アシュリーは笑顔で口に運んだ。

その様子を、またも無理していると勘違いしたのか、メイドたちが痛々しそうに見つめた。

「旦那様は今朝だけでなく、最近ずっと奥の厩舎《きゅうしゃ》にこもりきりでして……」

おかわりのオレンジジュースを注ぎながら、メイドの一人が愚痴《ぐち》代わりのため息を吐《つ》いた。

クライドが、決して近づくな、と言っていた厩舎である。そこまでするからには──。

「その厩舎で飼っているのは馬ではないんですね。何を飼っているんですか？」

アシュリーの質問に、ロザリーとメイドたちが顔を見合わせた。

示し合わせたように小声で答える。

「私たちも近づいてはいけないと言われているので、何もわからないんです。唯一《ゆいいつ》、フェルナンだけは許されていますが、それでも決して中へは入りません」

「前に言いつけを破って近づいたお調子者の庭師は、すぐに解雇《かいこ》されました。廏舎の中へ入れるのは、旦那様と魔術師《まじゅつし》様たちだけです」

「魔術師？」

「はい。国王陛下の宮殿《きゅうでん》からいらしている魔術師様たちです」

この世界で魔術師は貴重な存在である。六百年前はそうでもなかったが、ガス灯の発明や鉄道の開発など、文明が発達するにつれて魔力を持つ者が激減した。だから魔力があるとわかると宮殿に集められる。そして国王の庇護《ひご》の下《もと》、国のためにその力を使うのだ。

そんな貴重な魔術師たちが、あの廏舎に派遣《はけん》されているのか。

（魔術師たちは廏舎で何かの世話をしている、ということ？　ひょっとして、その何かも魔力を持っているのかしら？）

懐《なつ》かしい魔族の姿が浮かんだ。けれど、

（そんな訳ないわよね）

思わず苦笑《くしょう》した。瘴気《しょうき》に包まれた魔王の治める魔国は、すでに滅《ほろ》びたのだから。

（あら、瘴気といえば……）

ふと頭の端《はし》に引っかかった。最近、瘴気について何かあったような――。

「アシュリー様、デザートのプディングです」

できたてのプディングが目の前に置かれた。ほわりと立ちのぼる温かい湯気に、アシュリーは一瞬《いっしゅん》で、考えていたことを忘れた。

甘いものは好物である。嬉しくなっていそいそとスプーンで割ると、中からリンゴのソースがあふれ出た。ごろごろと入っている果肉も柔《やわ》らかくて甘い。

「すごく美味《おい》しいです！」

「ありがとうございます。そういえば、アシュリー様。新鮮なウサギの肉が手に入りましたので、昼食にお出ししようかと思いますが、いかがでしょう？」

(ひい――っ!!)

鳥肌《とりはだ》ものである。

「いいえ、ウサギは結構です！　私、苦手で。絶対に出さないでください。お願いします」

「そうですか？　ひき肉状にして、原形をとどめずお出しすることも――」

「いいえ、無理です！　目の前に出されたら、おそらく卒倒《そっとう》します」

実家のウォルレット家でも、アシュリーが前世を思い出してからウサギ肉は出ない。

今でも思い出す。アシュリーが十一歳の冬、父が狩《か》りでウサギを獲《と》ってきた。それまでは美味しく食べていたから喜ぶと思ったのだろう。すでに血抜きされた白ウサギの両耳を持ち、父は誇《ほこ》らしげにアシュリーの目の前に突《つ》き出した。

ぶらんぶらんと揺《ゆ》れる白ウサギの体。

あの時の衝撃《しょうげき》といったら、今思い出しても血の気が引く。

結果、アシュリーは白目をむいて気を失い、医者を呼ぶ騒《さわ》ぎになった。

「……そうなのですね。承知いたしました」

アシュリーの魂《たましい》の叫《さけ》びともいえる気迫《きはく》に、メイドたちが若干《じやつかん》引いている。

(ウサギさん、どうか安らかに)

アシュリーは肉にされたウサギに、心の中で合掌《がつしよう》した。

そして昼食の席にもクライドの姿はなかった。ウサギ料理も、だ。メイドたちのいたわしげな視線に気づかず、ますます気が楽になったアシュリーは満面の笑みで食事をした。

昼食後はカーテンを閉め切った薄暗《うすぐら》い図書室で、ソファーに寝《ね》そべって本を読む。

お詫びの意なのか、メイドたちがこまめに紅茶やら焼き菓子《がし》やらを運んでくれた。

「そんなに気を遣《つか》ってもらわなくても大丈夫ですよ」

逆に申し訳ない。だって今、こんなにも楽しいのに。

だが彼女たちは頑《がん》として首を横に振《ふ》った。泣きそうな顔をしている者までいる。

(天国だわ)

こんな生活なら大歓迎《だいかんげい》である。アシュリーは笑顔で、バターたっぷりの焼き菓子を頬張《ほおば》った。

（疲《つか》れたな……）

クライドはローブの襟元《えりもと》をいとわしげに緩《ゆる》め、大きく息を吐いた。

アシュリーがやってきた日の夜中に、魔術師に呼ばれた。それからずっと奥の廏舎にこもりっきりだったのだ。

廏舎には、誰《だれ》にも見せられないものを匿《かくま》っている。

だから絶対に部外者に知られるわけにはいかない。たとえ婚約者《こんやくしゃ》のアシュリーであっても。

それを匿うために、クライドはサージェント家を継《つ》いだのだから。

（それなのに――）

考えていたことが、ちっとも上手《うま》く進まない。そのきっかけすらつかめない。

無力な自分に苛立《いらだ》ちさえ感じる。兄弟たちや王室関係者に反対されてまで行っていることなのに。

（どうすればいいんだ……）

苦い気持ちを噛《か》みしめながら足取り重く廏舎を出た。

母屋《おもや》の裏口の前で、フェルナンが待っていた。空は夕焼けから夜空に変わろうとしている。

丸一日廏舎にいたのかと思うと、さらに疲れが増した。

「クライド様、そろそろ休憩《きゅうけい》をなさってください。朝から何も食べておられないでしょう。ちょうど夕食の時間です」

「悪いが、それどころじゃないんだ」

「……実はアシュリー様がお気の毒だと、メイドたちが訴《うった》えておりまして」

「どういうことだ？」

「朝も昼も一人きりで食卓《しょくたく》についておられます。食堂に入ってくるたび、不安そうにクライド様を探しておられると。ですが文句も泣きごとも言わず、けなげに耐《た》え、寂《さび》しそうに微笑《ほほえ》みながらお食事をされているそうです。せめて夕食はご一緒《いっしょ》にと、メイド全員が申しております」

「……わかった」

仕方ない。廐舎の中の匂《にお》いが染《し》み込んだ黒のローブ。それを脱《ぬ》ぎ捨てて、クライドは食堂へ向かった。

アシュリーを婚約者に選んだことに、特別な理由はない。以前から早く結婚を、と兄や王室関係者にせっつかれていたのだ。結婚すればクライドが廐舎にいるものについて諦《あきら》める、とでも思っているのだろう。

だから彼らの口をつぐませて廐舎にいるものに専念できるなら、相手は誰でもよかった。

アシュリーに初めて会った日も、兄である国王に呼ばれて宮殿に出向いた。クライドを改心させようという魂胆《こんたん》なのはわかっていた。

だから最低限の礼儀《れいぎ》として、義姉《あね》である王妃《おうひ》に挨拶《あいさつ》だけしてすぐに帰ろうと思っていたのだ。

あの時クライドのハンカチについていたのは、廐舎に蔓延《まんえん》する匂いである。匿っているものが出す匂い。

アシュリーは少し気持ち悪そうにしていたけれど、その匂いに抵抗《ていこう》を示さなかった。いい匂い、とまで言った。だったらこの女性でいい。そう思っただけだ。

だがフェルナンの言うとおり、遠いところからやってきたアシュリーを一人で放《ほう》っておいた。それはクライドの落ち度である。

(――考えなければいけないことが多過ぎるな)

もう一度深いため息を吐《つ》いて、食堂へ足を踏《ふ》み入れた。

アシュリーが一人で食卓についていた。

代々使っているマホガニーのテーブルは、むやみに幅《はば》が広くて長い。確かに、そこに一人きりで座る光景はもの悲しさを誘《さそ》う。アシュリーは小柄《こがら》だからなおさらだ。

だが、そう思ったのは一瞬のことだった。

アシュリーが、ロザリーや給仕《きゅうじ》をするキッチンメイドたちと談笑していたからだ。

少し離《はな》れて立つ見覚えのないメイドたちは、ウォルレット家の者たちだろう。彼女たちも交えて、皆《みな》で楽しそうに話している。一般的《いっぱんてき》な貴族令嬢《れいじょう》はあまり使用人と親しげに話さないけれど、アシュリーは特に気にしないようだ。

「お待たせ」

楽しそうな姿に少し安心して、クライドは向かい合った自分の席に着いた。

途端《とたん》に、アシュリーが固まった。

先ほどまでの楽しそうな笑《え》みはどこへやら、ギュッと眉根《まゆね》が寄り、険しい顔つきになる。

やはりか。クライドは小さく息を吐《は》いた。

今まで一人にしていたことに、機嫌《きげん》を悪くしている。その怒《いか》りをクライドにわからせるために、こういう表情をしたのだろう。

もちろんクライドが悪いのだから仕方ない。それでも、ますます疲れが増した。

だが――。

(いや、違《ちが》うか?)

アシュリーのこの眉根を寄せた表情、本気で嫌《いや》がっていないか。

というよりは、怯《おび》えてさえ見える。なぜだ。

考え込んでいたせいで、知らず知らずのうちに顔をしかめていたようだ。

クライドが怒《おこ》っていると勘違《かんちが》いしたのか、アシュリーが青ざめた。「助けられた……助けられた……」と、呪文《じゅもん》のようにぶつぶつ呟《つぶや》いている。意味がわからない。

メイドたちは、やっと二人がそろって食事をするのだからと嬉《うれ》しそうに給仕を始めた。

なぜ気づかない。本気で嫌がっているだろう、これは。

「せっかく来てもらったのに、ずっと一人にして悪かったね」

それでもこちらが悪いことは確かなので、素直《すなお》に謝った。すると、

「いいえ、とんでもありません！」

慌《あわ》てて返す口調は明らかに本音である。ますますわからない。

「──ひょっとして、俺のことを嫌《きら》っている？」

なにげなく聞いてみると、アシュリーが目を剝《む》いた。勢いよく首を横に振る。

「いいえ、まさか！」

「そう？　どこか気に入らないところがあったら言ってね」

「いいえ、どこもありません。充分《じゅうぶん》です！　完璧《かんぺき》です！」

「……そう」

わからない。多方面から探《さぐ》ることにした。

「メイドからも言われたしね、反省したよ。これからは時間を作って、なるべく一緒に食事をしようと思う」

「えっ、はい……」

嫌そうだ。心底、嫌そうだ。一生懸命《いっしょうけんめい》その態度を隠《かく》そうとしているが、クライドにはわかる。

あまりの素直な態度に、思わず笑いが込み上げた。

今まで女性からこんな態度を向けられたことはない。少し興味を持った。

じっとアシュリーを見つめてみる。すると青ざめながら視線をそらされた。

しばらくして、クライドの様子を確認《かくにん》するように、アシュリーが恐《おそ》る恐る視線を寄越《よこ》した。

だがクライドはもちろん、視線をそらしてなどいない。

逃《に》げようとする視線を捕《つか》まえてにっこりと笑ってみせると、アシュリーが怯えたように固まった。

（なぜだ？）

見当もつかないので、次に困ったように両眉を下げてみた。

「でも、やっぱり込み入った用事があってね。一緒に食事は無理そうかな」

パアッとアシュリーの顔が輝《かがや》いた。嬉しがっている。

クライドは笑いをこらえて、今度はちょっと反省したような笑みを浮《う》かべた。

「いや、でも婚約者だからね。頑張《がんば》って時間を作るよ」

あっ、落ち込んだ。この世の終わりのような暗い顔で、アシュリーは遠くを見つめている。

（なんだこれ、楽しい）

アシュリーは落ち着かないのか居心地《いごこち》悪そうにしながらも、決心したように口を開いた。

「あの、申し訳ありません」

「……何について？」

「助けてもらったのに申し訳ないとは思ってるんです。本人ではなく、ただの子孫ですし。全《すべ》て私の、何と言うか自己都合なんです。だからその、なんとかして慣れることができればいいなと思っています」

一体、何に慣れるのか。意味がわからない。だがアシュリーの顔は真剣《しんけん》そのものだ。

とりあえずクライドは微笑んだ。

「わかった。頑張って」

アシュリーは安心したのか、肩《かた》の力を抜《ぬ》いた。皿に盛られたレタスや紫《むらさき》キャベツを口に運ぶ。

クライドはその様子を見つめた。

伯爵《はくしゃく》家の令嬢だからマナーは申し分ない。上品だし、食べる時の姿勢もいい。

それなのになぜか目が離せない。愛らしい、というよりは一心に葉っぱを食べているように見えるのはなぜだ。

「小動物みたいだね」

思ったまま口にすると、アシュリーが目を見開いた。本当に目の玉が落ちるのではないか、と思うくらいの驚《おどろ》きぶりだ。怒るならともかく、なぜこれほど驚くのか。

「ど、どんな動物ですか……？」

なんの種類か聞いているのだろうか。蒼白《そうはく》な顔で、気になるところはそこなのか。

「うーん、タヌキ？　いや、イタチかな？」

理由を知りたくて、あえて可愛《かわい》いリスやウサギは挙げなかった。それなのにアシュリーは、

「そうですか」

とホッとしたように息を吐き、嬉しそうに笑った。

タヌキやイタチに似ていると言われてこれほど喜ぶ女性を、クライドは初めて見た。

変わった令嬢だと笑いながら、ふと視線を感じて壁際《かべぎわ》を見ると、ロザリーとメイドたちが般若《はんにゃ》のような顔をしていた。やっと食事の席に現れたかと思えば、婚約者《こんやくしゃ》をタヌキ呼ばわりするとは何事だ、と怒っているのだろう。

クライドはアシュリーに視線を戻《もど》した。

「ごめんね。可愛いなと思って言ったんだ」

本音だ。それなのにアシュリーは、怯えた顔でフォークを落とした。

得体の知れないものを見るように凝視《ぎょうし》してくる。

（面白《おもしろ》い）

アシュリーは居心地悪そうに顔を背《そむ》けるものの、食事の手は止めない。なにげなく再びサラダに手を伸《の》ばし、ハッとしたように視線を寄越した。

また「小動物のようだ」と言われるのを恐れたのか、慌てて隣《となり》の丸い陶器《とうき》のカップに入っているスープを飲み始めた。

濃《こ》いオレンジ色のポタージュスープは、口に合ったようだ。美味《おい》しそうに目を細めた。

何味だと思い、クライドも一口飲んでみたら、すりおろした人参《にんじん》とミルクを混ぜた人参スープだった。

クライドの視線に気づいたアシュリーが、急いでカップを置く。

牛肉の煮込《にこ》みに手をつけながらも、ものすごく飲みたそうにスープの入ったカップを見つめている。

クライドはあえて下を向いた。アシュリーに目をやらず、食事に専念しているふりをする。

しばらくしてちらりと顔を上げると、アシュリーが幸せそうに人参スープを飲んでいた。

この胸をくすぐるような微笑《ほほえ》ましさは何だろう。

楽しくなってきて、クライドは声を出さずに笑った。

いつの間にか、あれほど疲《つか》れていた体の重みも、心の重苦しさも消えていた。


「クライド様」と声がした。

アシュリーが顔を向けると、食堂の入口に黒のローブを着た女性が立っていた。首元に金ボタンがついたベルベット地のローブは、上級聖職者や魔術師《まじゅつし》が着るものである。

(宮殿《きゅうでん》から派遣《はけん》されているという、魔術師の一人なんだわ)

はっきりした顔立ちの美女である。

「ジャンヌ、どうした？」

クライドの声音《こわね》が鋭《するど》いものに変わった。

ジャンヌは答えずに近づいてくる。すぐ横を通り過ぎざま、アシュリーの全身を一瞥《いちべつ》した。

そしてアシュリーの顔に視線を留めて、わざとらしくクスッと笑った。

(……!?)

瞬間《しゅんかん》、まるで雷《かみなり》に打たれたような衝撃《しょうげき》を受けた。茫然自失《ぼうぜんじしつ》とはまさにこのことだ。

そんなアシュリーに、ジャンヌが勝ち誇《ほこ》った笑《え》みを浮かべた。

(どういうこと?)

心臓が早鐘《はやがね》を打つ。アシュリーがショックを受けたのは、ジャンヌに笑われたからではない。

ジャンヌが通り過ぎた時、ローブに染《し》みこんだ匂《にお》いがしたのだ。宮殿でクライドの胸元《むなもと》に入っていたハンカチ、それから香《かお》ったものと同じ匂い。

この匂いの正体をようやく思い出した。

(瘴気《しょうき》だわ!)

魔族が体から出す瘴気である。

六百年ぶりに嗅《か》いだ。途方《とほう》もない懐《なつ》かしさと混乱が混じり、鐘《かね》の音のような耳鳴りがした。

(なぜ? なぜ瘴気の匂いがするの!?)

導き出せる答えは一つだ。

(あの厩舎《きゅうしゃ》――)

絶対に近づかないでくれと言われた、敷地《しきち》の奥にある赤い屋根の厩舎。

もしや、あの中に魔族がいるのか――。

テーブルの向こうで、ジャンヌがクライドに何かささやいている。不測の事態でもあったのか、クライドの顔つきが鋭くなった。

アシュリーは青ざめたまま二人を見つめた。聞きたいことはたくさんあるのに、衝撃で言葉が出てこない。

ジャンヌは自分たちの仲睦《なかむつ》まじい様子にアシュリーがショックを受けている、と勘違《かんちが》いしたようだ。見せつけるように、さらにクライドに一歩近づいた。

けれどそんな光景は、アシュリーの視界には入らない。

（魔族は滅《ほろ》んだはずなのに……）

信じられない。まさかという否定と、昔の仲間がいるかもしれないという期待が頭の中でせめぎ合う。

「アシュリー、悪いけどこれで失礼するよ」

クライドが立ち上がり、ジャンヌと足早に食堂を出て行こうとした。

アシュリーは我に返り、慌《あわ》てて聞いた。

「待ってください！　奥にある厩舎には、何がいるんですか？」

クライドが足を止めた。振《ふ》り返った顔つきは、先ほどとはまるで違う厳しいものだ。

「言えない」

「でも、この匂いは――！」

「匂い？」

しまった。瘴気の匂いを知っているなんて絶対に言えない。

焦《あせ》るアシュリーを、クライドは眉根《まゆね》を寄せて見つめていたが、

「トルファ王家から預かっているものだよ。それしか言えない」

「クライド様⁉」と、ジャンヌが目を剝《む》く。

「どうして、そんなことを教えるんですか！」

（王家から預かっている？）

さらに混乱した。魔族は王室の敵なのに、なぜ？

「前も言ったけど、あの廏舎は危険なんだ。決して近づかないでくれ」

低い声で言い残し、クライドはジャンヌと食堂を出て行った。

「旦那様《だんな》……やっと一緒《いっしょ》に、お食事をしていただけると思いましたのに」

「申し訳ありません、アシュリー様」

メイドたちが顔を曇《くも》らせる前で、アシュリーは動揺《どうよう》しつつも必死に考えた。

もしかしたら昔の仲間が生きているかもしれない。そうであるなら――。

（会いたい！）

強い気持ちが込み上げた。

危険でもいい。死に絶えたと思っていた、かつての同胞《どうほう》。もし本当に生きてここにいるのなら、姿が見たい。なんとしても会いたい。

(行ってみよう)

あの厩舎に――。

〈二〉　厩舎にいるモノ

サージェント家には立派な厩舎が二棟《むね》ある。

敷地の奥にある赤い屋根のものと、それより手前の広い放牧場の中にあるものだ。後者のほうでは何十頭もの馬を飼っている。

厩舎の二階は馬丁や御者《ぎょしゃ》の寝室《しんしつ》になっていて、彼らは交代で馬の世話をしている。馬は貴重な財産なので、どこの邸宅《ていたく》でも大事に扱《あつか》われているのだ。

翌朝、アシュリーはそっと寝室を抜《ぬ》け出した。

空はしらじらと明け始めている。一応オイルランタンに火を灯《とも》してきたが必要なかった。

(ここだわ)

茶色いレンガの壁《かべ》に赤い屋根、突《つ》き出た煙突《えんとつ》。屋敷《やしき》の別棟に負けないくらい立派な造りで、外観は特に変わったところはない。

ただ正面扉《とびら》のすぐ前にいても、瘴気の匂いは一切《いっさい》しない。音も声も聞こえない。不気味なほど静まり返っている。

(結界が張ってあるということ?)

ここまで来たら、中にいるものの声や音がしたり、もっと濃い瘴気が流れていたりして何かしらわかると思ったのだ。それなのに――。

甘かった、とショックを受けた。

(クライド様たちはまだ中にいるのかしら?)

昨夜アシュリーが寝《ね》る前は、クライドはまだ厩舎から戻《もど》ってきていないとロザリーが言っていたけれど。

ここにいるのがばれたら怒《おこ》られるだろう。前世の勇者の冷たい目を思い出して、身震《みぶる》いした。

けれど、どうしても確かめなければならない。

よし、と気合いを入れて正面扉に手を伸《の》ばした。鋲《びょう》がいくつも打たれた重厚《じゅうこう》な正面扉を、力いっぱい押す。

だが、びくともしない。窓を一つ一つ確認《かくにん》したが、一階も二階も全《すべ》て鎧戸《よろいど》が下りている。裏口の銅製の片開きの扉も、思いきり引っ張ってみたが開かない。

困り果てて、何とか隙間《すきま》から中が見えないかと、正面扉にへばりつき覗《のぞ》きこんでみた。

無理だった。

(なんて厳重なの。でもここまで念入りにしているんだから、本当に魔族《まぞく》がいるかもしれない!)

期待が高まる。その時だ。

「動くな」

首の後ろに冷たく鋭《するど》い感触《かんしょく》がして、息を呑《の》んだ。心臓が口から飛び出しそう、とはまさにこのことだ。

聞き覚えのある声に、覚悟《かくご》を決めて恐《おそ》る恐る振り返った。

案の定、そこに立っていたのはクライドである。

差し出す右手の人差し指が、魔法で凍《こお》りついている。これを首筋に当てられていたのだ。

(すごい魔力だわ。確か、勇者も強大な魔力を持っていたのよね)

クライドがすぐ後ろにいることだけでも充分《じゅうぶん》恐ろしいのに、さらに勇者のことまで思い出してしまい、血の気が引いた。

「ここで何をしているんだ?」と、クライドが低い声で問う。

「ここへは近づくな、と言っておいたはずだけど」

焦った。魔族がいるかもしれないと思ったから、なんて答えるわけにはいかない。

しかしアシュリーは嘘《うそ》や言い訳が下手《へた》なのだ。なぜか必ずばれてしまう。『下手にも程《ほど》があるわ』と、母親はいつも呆《あき》れていたものだ。

逡巡《しゅんじゅん》するアシュリーをクライドがじっと見下ろす。その目に容赦《ようしゃ》の色はない。

体の芯《しん》が恐怖《きょうふ》で冷たくなる。観念して、小声で答えた。

「……厩舎《きゅうしゃ》の中に、何がいるのか知りたくて」

「……!?」

「言えないと言ったよね？」

「そうですけど、どうしても知りたいんです……！」

「なんでそんなに知りたいんだ？」

「……言えません」

「なるほど。俺と一緒だね」

話す間も、決して視線を外してもらえない。まるで蛇《へび》に射《い》すくめられたカエルのように動けない。

そして距離《きょより》が近いせいで、クライドが身にまとうローブから瘴気《しょうき》の匂《にお》いがした。腐《くさ》った卵の臭《にお》いと、濃《こ》い草木の香《かお》りが混じったような独特の匂い。

瘴気には色がないので目に見えないけれど、人間にとって有害である。吸い込むと気分が悪くなったり、体調を崩《くず》したりする。

ただしそれは魔力を持たない人間にとって、だ。クライドや魔術師たちは、自身の持つ魔力で身を守れる。

アシュリーは普《ふ》通《つう》の人間なので、だんだん気持ち悪くなってきた。

それでも六百年ぶりに思い出した今は、とても幸せな匂いに感じる。

気分が悪そうに眉根を寄せながらも微笑《ほほえ》むアシュリーに、クライドが聞いた。

「ひょっとして気持ち悪い？」

「まあ、はい……」

「そうだよね。ちょっといい？」

クライドが手を伸ばし、アシュリーの頭に触《ふ》れた。そのまま軽くなでる。

（ひいっ！）

突然《とつぜん》のことに、アシュリーは脱兎《だっと》のごとく後ろへ飛び退《すさ》った。勇者の子孫に触れられるなんて恐怖でしかない。全身に鳥肌《とりはだ》が立った。

クライドが苦笑《くしょう》した。

「そんなに嫌《いや》がらなくても」

「……な、なぜ、このようなことを？」

「反応が楽しいから」

「……!?」

「冗談《じょうだん》だよ。気持ち悪いのが治っただろう。廏舎の中に満ちているものから身を守る、防御《ぼうぎょ》魔法の一種だよ」

「なるほど。瘴気から守ってくれるんですね」

「――そうだね」

声の調子が変わった。ふと顔を上げると、目が合った。怖《こわ》いと思うより先に違和《いわ》感《かん》を覚えた。

（……どうしたのかしら？）

端整《たんせい》な顔に浮《う》かぶ笑《え》み。見覚えがある。宮殿《きゅうでん》で助けてもらった後に向けられた、興味深そうな笑みと同じもの。いや、それよりさらに不敵なものだ。

まるで、目当てのものをようやく見つけたような――。

もう無いはずの、アシュリーの長い二本の耳がぴんと立った気がした。すなわち「警戒《けいかい》」だ。

(なぜなの？)

理由がわからない。戸惑《とまど》っているとクライドが言った。

「この中に何がいるのか知りたいんだよね？　中に入って見てみる？」

「いいんですか!?」

「もちろん」

どうして突然許しが出たのかという疑念より、中に入って確かめられるという嬉《うれ》しさのほうが勝った。

「俺の側《そば》を離《はな》れないでね」

クライドが頑丈《がんじょう》な鉄の正面扉に右手を当て、小さく呪文《じゅもん》を唱える。乾《かわ》いた音がして、少しだけ扉が開いた。

さらに扉を押し開けて、クライドが中を手で示した。

「どうぞ」

(いよいよだわ)

高まる期待を胸に、アシュリーは一歩踏《ふ》み出した。

内部は想像していたより遥《はる》かに立派だった。アーチ形になった天井《てんじょう》とレンガの壁《かべ》。温度調節のための暖炉《だんろ》やボイラーもついている。

他《ほか》の厩舎と違《ちが》うのは、左右に並ぶ馬房《ばぼう》に馬が一頭もいないことだ。

馬房の奥は中庭で、二階の天井まで吹《ふ》き抜《ぬ》けになっている。その天井部分が大きな天窓になっており、明るい太陽の光が降り注ぐ。すっかり夜が明けた。

厩舎の中には濃い瘴気が立ちこめているはずだが、匂いがかすかにするだけだ。気持ち悪さも感じない。

(クライド様の魔法、すごいわ)

恐れながらも素直《すなお》に感心した。

中庭の井戸《いど》の脇《わき》にある洗い場で、ジャンヌともう一人、ローブを着た男魔術師がうずくまっているのが見えた。汲《く》み上げた井戸水でたらいやブラシを洗っている。

「ちょっと！　そこ、まだ汚《よご》れてるわよ。そこも！」

「うるさいな。ジャンヌはいちいち細かいんだよ」

「あんたが大雑把《おおざっぱ》過ぎるんでしょう！　まだ泡《あわ》が残ってるわよ。ちゃんとすすぎなさいよね！」

「文句言うくらいなら、全部自分でやれよ！」

口喧嘩《くちげんか》か、ジャンヌの激しい声と男魔術師の苛立《いらだ》った声が響《ひび》く。

　ジャンヌが腹立たし気に、持っていた石けんを地面に叩《たた》きつけた。こちらを向き、クライドを認めて顔が輝《かがや》く。けれどすぐに、

「えっ、アシュリー様……？　なぜ、ここにいるんですか？」

と、けげんな表情になった。状況《じょうきょう》からクライドが連れてきたとわかるけれど、ここには彼女たち以外は入れないのだから当たり前である。

　クライドはそれには答えず穏《おだ》やかな笑みを浮かべて、

「知っていると思うけど、改めて紹介《しょうかい》するよ。俺の婚約者《こんやくしゃ》で、ウォルレット卿《きょう》の長女、アシュリーだ」

「はあ……」

「アシュリー、こっちは先ほど食堂で会ったジャンヌ。そしてこっちはハンクだ。二人とも宮殿から派遣《はけん》された魔術師だよ」

たらいを手に、ハンクは呆気《あっけ》にとられた顔でアシュリーを見つめている。年は二十代半ば。短い髪《かみ》に、健康的に日焼けした肌《はだ》の持ち主である。

　アシュリーは二人に頭を下げ、焦《じ》れてクライドを見上げた。早く魔族《まぞく》を確かめたい。

　クライドが中庭のさらに奥にある、鉄の扉《とびら》を指し示した。濃い緑色の、正面扉とほぼ同じ大きさのものだ。そして言った。

「アシュリー、あの奥に、王家から預かっている生き物がいるんだ」

た。

「見てみたい？」

「はい！」

慌《あわ》てたのは魔術師たちである。

「ちょ、ちょっと待ってください！　あれはトルファ王家から預かっている、とても大事なものです！」

「婚約者といえど、さすがに知られるわけにはいかないでしょう！」

必死の非難を手で制し、クライドが静かに続けた。

「大丈夫《だいじょうぶ》だよ。俺もお前たちもいるんだから、アシュリーに怪我《けが》はさせない。それにそもそも、あれは今そんな状態じゃないだろう」

「そういう問題ではありません！」

「焦《あせ》るお気持ちはわかりますが、さすがにこれは――！」

「わかってるよ。でも、この四年間なんの進展もなかった。やっと突破口《とっぱこう》を見つけた気がするんだ」

口調に確信が潜《ひそ》む。

「……!?」

興奮して頬《ほお》を紅潮させるアシュリーと、驚愕《きょうがく》の顔をする魔術師二人とは、実に対照的であっ

呆然《ぼうぜん》とする彼らの前で、クライドがアシュリーに微笑《ほほえ》んだ。

「念のために俺の側を離れないでね。さあ行こうか」

いよいよだ。期待に指先が震《ふる》える。それを隠《かく》すようにしてアシュリーは前を向いた。

奥にある鉄の扉にクライドが手をかけた。これほど近くにいても、鳴き声は一切《いっさい》聞こえない。

動き回る足音も、飛び回る羽音も。全くの無音だ。

（……本当に魔族がいるのかしら？）

けげんに思った後で、もしかして、と血の気が引いた。口も動かせず、身動きすらできないようにされているのでは？

もしそうなら、なんとしても助けたい。アシュリーは決心して足を踏み入れた。


入口側の馬房と同じく、アーチ形の天井は高く、室内も広い。

そして、細かい石が敷《し》き詰《つ》められた床《ゆか》に寝《ね》そべっていたのは――。

驚愕のあまり、大声をあげるところだった。

馬房の中央に寝そべる大きなもの。このトルファ国には決して存在しないもの。

三角の耳がついた凛々《りり》しい顔。強靭《きょうじん》ながらもしなやかな体。頭のてっぺんから尻尾《しっぽ》の先まで、漆黒《しっこく》のふさふさした毛で覆《おお》われている。

固く目を閉じているけれど、背中がかすかに上下しているので生きているとわかった。

魔王の側近だった魔獣《まじゅう》——黒狼《こくろう》だ。

興奮が押し寄せてきて言葉にならない。

(嘘《うそ》……!)

六百年前に命を落としたと思っていた。それなのにこうして目の前にいる。感動で涙《なみだ》が出そうだ。

黒狼は高い魔力と強靭な歯と爪《つめ》、そして勇敢《ゆうかん》さと獰猛《どうもう》さを併《あわ》せ持つ素晴《すば》らしい戦士だった。戦闘《せんとう》で右に出る者はいなかった。

葉《は》っぱを食むだけの黒ウサギとは力も地位も違い過ぎて、常に遠い存在だった。

ただ弱者をいじめる上級魔族も多い中、黒狼は下の者にも優《やさ》しかった。その強さと気高さに憧《あこが》れていた。その黒狼が生きている。夢のようだ。

今は眠《ねむ》っているけれど、目を覚ましたら前世から初めて黒狼と話ができるかもしれない。

(……でも、どうしてここにいるの?)

サージェント家の厩舎《きゅうしゃ》に。

そこでクライドたちの存在を思い出し、しまった、とうろたえた。

慌てて振《ふ》り返ると、ジャンヌとハンクが呆気に取られた顔でアシュリーを見つめていた。

当然である。そこにいるのは恐《おそ》ろしい魔獣で、普通《ふつう》の令嬢《れいじょう》なら恐怖《きょうふ》に凍《こお》りつくか、悲鳴を上げて逃《に》げ出すところだ。それなのに今にも感涙《かんるい》にむせびそうなのだから。

ずっと眠り続けているなんて。胸が締《し》めつけられた。

痩《や》せてあばら骨が浮《う》き出ているが、その割りに毛並みはいい。病気やひどい怪我《けが》を負っているようには見えない。

（でも、どうして？）

では精神的なものが原因なのか。味方が全滅《ぜんめつ》して、覇気《はき》を無くしてしまったからなのか？

そこで、ふと思いついた。

「黒狼様が生きているなら、他《ほか》にも魔族の生き残りが――！」

「いない。黒狼が見つかってから、王室は他に魔族が残っていないか、国の端《はし》から端まで捜《さが》させたんだ。結果は一匹《ぴき》も見つからなかった。生き残っている魔族は、この黒狼だけだ」

「そうですか……」

けれど黒狼が生きていただけで奇跡《きせき》だ。それだけで充分《じゅうぶん》だ。

「滅《ほろ》んだ魔国の資料はどこにも残っていない。だからわかっているのは、これが『黒狼』であるということだけだ。生態などは何もわからない。――俺はね、ずっと眠ったままの黒狼を起こしたいんだ」

「えっ？」

「今までこのトルファ国だけでなく、他国に伝わる覚醒《かくせい》魔法や起床《きしょう》魔法なども試《ため》してみた。意識がはっきりしたり、目覚めにいいとされる薬も使ってみた。だが黒狼は起きない。反応すらしない。だから正攻法《せいこうほう》以外を試してみたいんだ。黒狼のことを知っているアシュリーなら、何か思いつくんじゃないか？　どんなに常識外れなことでもいい。協力してくれ。頼むよ」

クライドの表情も口調も真剣《しんけん》そのものだ。

なぜそこまでして黒狼を目覚めさせたいのか、疑問に思った。

黒狼が起きてくれるならアシュリーは嬉《うれ》しいけれど、クライドはそうだと思えない。

六百年前、大勢のトルファ国民が魔族《まぞく》に殺された。人間たちは今も魔族を敵だと思っている。

クライドは王族で国を率いる立場だから、そういった悪感情は人一倍だろう。

それにクライドは勇者の子孫だ。勇者は兵士たちの先に立ち、命を張って戦っていた。彼が魔族に持つ憎《にく》しみの深さを、前世で目《ま》の当たりにしたアシュリーはよく知っている。

そんな勇者とクライドの姿が重なる。だからこそ怖《こわ》いのだ。

（本当にどうしてなの？）

もしや黒狼が目覚めた後で、命を奪《うば》うつもりなのか。ゾッとした。けれどそのつもりなら、目覚めるのなんて待たずにとっくにそうしているだろう。

では何かに利用するつもりなのか。黒狼の強大な魔力や攻撃《こうげき》力を、トルファ国のために。何しろたった一頭だけ生き残った伝説の魔族なのだ。

どう利用するつもりかはわからない。けれどそれはいいことに、ではない気がする。

悪《あ》しき実験に使ったり、死ぬまで兵器として利用するつもりかもしれない。

（そんなの駄目《だめ》……！）

強く思った時、クライドが言った。

「国王や王室関係者たちは一貫《いっかん》して、黒狼《こくろう》を厄介《やっかい》な危険分子だと認識《にんしき》している。ただ今は、生態がわからないから下手《へた》に触《さわ》らず放置しておくべきだ、という穏健《おんけん》派が宮殿《きゅうでん》で力を持っているんだ。だからここに放《ほう》って寿命《じゅみょう》が尽《つ》きるのをただ待っているけど、明日にはどうなるかわからない。もし過激派が数で勝ったら、すぐに黒狼を殺しにくるだろう」

（とんでもないわ。それこそ絶対に駄目よ！）

足元からおぞましさが上ってきた。

黒狼が利用されるのも嫌《いや》だが、このまま殺されてしまうなんてもっての外だ。

やはり魔獣《まじゅう》はトルファ国にとって憎い敵でしかないのだ。そう痛感すると同時に、なんとしてもまずは黒狼に起きてもらわないと、と心から思った。

アシュリーの視線の先で、黒狼は固く目を閉じている。

かつての同胞《どうほう》。今、この世界に黒狼の味方はいない。アシュリーだけだ。

前世の黒ウサギは何の力もなくて、すぐに死んでしまった。今もただの人間で、特別な力はない。

けれど今度は、今度こそ自分が仲間を守るのだ。

そう決意し、体の脇《わき》で両手をギュッと握《にぎ》りしめて言った。

「わかりました。協力いたします」

「よかった。よろしく頼むよ。早速《さっそく》だけど、何か方法を思いつく？」

クライドの後ろで、ジャンヌとハンクが疑わしそうな顔をしている。突然《とつぜん》やってきたアシュリーが、知るはずのない黒狼や瘴気《しょうき》について言い当てたのだから当たり前か。

「アシュリー様はどうして黒狼のことを――」

と言いかけた二人を、クライドが目線で制した。

ハンクが素直《すなお》に口を閉じ、ジャンヌが悔《くや》しそうな顔をした。

アシュリーは黒狼のため、一心に方法を考えた。

正攻法では無理だったと言っていた。

それでは例えば、クライドたちが知るはずのない、黒狼の好きなことをしてみたり好物を与《あた》えてみたりすればいいのか。そうすれば目覚めてくれるだろうか。

必死に記憶《きおく》を掘《ほ》り起こす。凜々《りり》しい黒狼は下級魔族たちの憧《あこが》れだった。丸い月の下、他の黒ウサギたちと人参《にんじん》を囲んで夕食会をしている時など、よく話題にあがったものだ。

（黒狼様の好きなこと――）

「そうですね。全身をブラッシングしてみるとか？」

「はっ？」

クライドと魔術師たちの呆気《あっけ》に取られた声が、見事に重なった。『常識外れなことでもいい』とは言ったものの、さすがに予想外過ぎたらしい。

「凶暴《きょうぼう》で恐《おそ》ろしい魔獣を……？」

「ブラッシング……？」

「はい。丁寧《ていねい》に優《やさ》しく」

手先が器用な黒ゴリラに、黒狼が全身の毛をとかしてもらっていた光景を思い出す。気持ちよさそうに目を細めていたっけ。

懐《なつ》かしくて思わず微笑《ほほえ》むと、ジャンヌが顔を歪《ゆが》めた。

「アシュリー様、ふざけているんですか！　伝説の魔獣なんですよ？　そこらを走っている犬じゃないんです！」

「私はとても真剣です」

心外である。そんなアシュリーに、クライドは眉根《まゆね》を寄せて考えていたが、

「よし、そうしてみよう」

途端《とたん》にジャンヌが目を剝《む》いた。

「お待ちください！　あまりにもふざけ過ぎています！」

「わかってるよ。でもこの四年間なんの進展もなかった。今はアシュリーの言うとおりにしてみよう」

ジャンヌが悔しそうに唇《くちびる》を嚙《か》みしめた。

「よし。じゃあ早速――」

「あっ、ちょっと待ってください！」

アシュリーはクライドの言葉を止めた。思い出したことがあるのだ。

一同が注目する中、ゆっくりと黒狼の前へ進み出た。目を閉じる黒狼は、六百年前と同じ顔つきだ。

（黒狼様。私です。黒ウサギです）

心の中で話しかけた。上級魔族はこうして人間が言葉で話す代わりに意思の疎通《そつう》をするのだ。

（どうか目覚めてください。このままだと命が危ないんです。お願いです、また二度と会えなくなるなんて嫌です）

懸命《けんめい》に訴《うった》えるも、黒狼はぴくりとも反応しない。三角の耳もふさふさの尻尾《しっぽ》も、力なく垂れたままだ。

（やっぱり無理よね）

前世も今世も、なんの力もないアシュリーには。

落ち込んで振《ふ》り返ると、唖然《あぜん》とした様子でこちらを見つめるジャンヌとハンクの姿があった。

残念だという思いをこめて告げる。

「無理でした」

「――何がですか⁉」

突然黒狼の前に進み出たかと思えば黙《だま》って突《つ》っ立ち、挙句の果てに寂《さび》しそうな顔で「無理でした」と告げられても、なんのことか理解できないだろう。

その隣《となり》で、同じく呆気に取られていたクライドが面白《おもしろ》そうに噴《ふ》き出した。

アシュリーは構わず中庭へ向かった。洗い場の脇に、道具の入った革袋《かわぶくろ》があるのが見えたからだ。その袋《ふくろ》を持ってきて、中を探《さぐ》る。数あるブラシの中から、柔《やわ》らかめのものを手にした。

(黒狼様のお体をブラッシングできるのね！)

嬉しがっている場合ではない、早く黒狼を起こさないと殺されてしまう。そうわかっていても、前世では近づけもしなかった憧れの存在に触《ふ》れられるとなると、感動に胸が高鳴る。

オークの柄《え》に豚《ぶた》の毛がついた獣毛ブラシ。それを持って、いそいそと黒狼の脇腹の横に座った。

黒狼はおよそ体長百五十センチ、体重四十キロである。以前はもっと筋骨《きんこつ》隆々《りゆうりゆう》だったけれど、かなり痩《や》せてお腹《なか》のあたりはあばら骨が浮《う》いている。胸が痛くなった。

丁寧にブラッシングしようとした瞬間《しゆんかん》、すぐ隣にクライドが片膝《かたひざ》をついた。

「……!?」

油断していた。ブラシを手にしたまま固まる。

「不用意に近づいたら危ないよ。眠《ねむ》ってはいても凶暴な魔獣だ。俺がやるから、アシュリーは離《はな》れたところで指示だけ出してくれればいい」

「……いっ、嫌です」

「えっ？」

「自分でしてみたいんです……」

「自分で？　――へえ。じゃあ、俺はここにいるよ。婚約者《こんやくしゃ》に何かあったら大変だからね。守らないといけない」

明らかに怪《あや》しまれているとわかっていても、不器用なアシュリーにはこれ以上上手《うま》く言うことができない。

（黒狼様のためよ。我慢《がまん》よ。我慢するのよ、私）

ブラシを握りしめたまま恐怖《きょうふ》に耐《た》える。ふるふると震《ふる》えながら、必死に宮殿で助けてもらったことを思い出した。

（それに今から黒狼様にブラシをかけられるのよ。憧れだった黒狼様に！）

黒狼の毛におずおずと触れた瞬間、感激からクライドへの恐怖が薄《うす》まった気がした。

天にも昇《のぼ》る心地《ここち》で、毛の流れにそってゆっくりとブラシをかけていく。痩せてしまったけれど、毛は変わらずふさふさしている。まさにモフモフだ。

（まさか人間に生まれ変わってから、お体に触れられるだなんて。奇跡《きせき》だわー！）

恐ろしい魔獣に、怖《こわ》がることなく嬉々《きき》として接するアシュリーに、クライドが興味深そうに聞く。

「魔獣《まじゅう》が怖くないのか？」

「はい。怖くありません」

心のままに満面の笑《え》みを向けてしまい、目が合った。またも身が竦《すく》む。

勢いよく顔をそらしてから、しまったとハッとした。こんなことをしては、さらに怪しまれてしまう。

恐る恐る視線を元に戻《もど》すと、クライドはまだアシュリーを見つめたままだった。面白がっているような表情のままにっこりと微笑まれて、泣きたくなった。

今すぐ厩舎《きゅうしゃ》の外へ逃《に》げたい。せめてクライドから離れたい。

だが黒狼《こくろう》を起こすためだし、ブラッシングできる機会なんてもうないかもしれない。

（我慢よ、我慢……！）

怯《おび》える心を抑《おさ》えこみ、アシュリーは一心にブラシをかけ続けた。せっせと、しかし丁寧に長い毛をとかしていく。そこで、ふと気がついた。

（あれ――？）

憎《にく》い敵だから、てっきり放《ほう》っておかれていたのだと思っていた。

それなのに、やけにブラシの通りがいい。目視でも、ノミなどの寄生虫もいない。そっと毛をかき分けてみたが地肌《じはだ》も綺麗《きれい》だ。それどころか石けんの香《かお》りすらする。

クライドたちがこまめに全身を洗っている、ということか？

（利用しようとしているはずなのに？）

疑問に思った。けれどそれを確かめるには、クライドと会話をしなければならない。それは無理だ。

疑問を心の奥にしまい込み、どうか起きてください、黒狼様、と心の中で祈《いの》りながら続けた。

やがて黒狼の毛がツヤツヤしてきた。太くてコシのある獣毛、一本一本が輝《かがや》くようだ。

それでも目覚めるどころか、反応は一切《いっさい》ない。

（お好きだと思ったんだけど……）

魔国で毛をとかしていた黒ゴリラには、黒狼は歯をむき出しにした、とてもいい笑顔を見せていたから。

「反応しないな」

「わかっていたことではありませんか。こんな馬鹿《ばか》げたことで目覚めるはずがありません！」

ジャンヌのきつい声が聞こえた。

（やっぱり駄目《だめ》なのかしら）

気落ちした時、かすかに手に反応を感じた。ほんの一瞬だったけれど、ブラシ越《ご》しに黒狼の腹がピクッと動いたのを感じたのだ。

「今！　今、動きましたよ！」

興奮して声を上げると、クライドたちが疑わしげに顔を見合わせた。

「そうか？」

「私は気づきませんでしたが？」

「俺もです」

二百年も眠り続けていたのに、これくらいで反応するかと、懐疑的《かいぎてき》な口振《くちぶ》りである。

けれど動いた。確かに反応があった。興奮冷めやらず、アシュリーは次の提案をした。

「次にいきましょう！　お風呂《ふろ》に入れるのがいいと思います」

黒狼は湯につかるのも好きだった。当時の魔国には温泉が噴き出す地域があり、そこに魔王《まおう》や配下の魔族たちとよく入っていたのだ。

「魔獣を……？」

「風呂に入れるんですか……？」

「そうです！」

笑顔で頷《うなず》いた瞬間、少しよろけた。夜明け前から活動していたから、疲《つか》れたのかもしれない。そう思った瞬間、クライドに肩《かた》を支えられた。

「大丈夫《だいじょうぶ》か？」

（ひいっ！）

目の前にある鮮《あざ》やかな緑色の目と、力強い手の感触《かんしょく》。悲鳴こそ上げなかったものの、クライドの手を振《ふ》り払《はら》い飛び退《の》いてしまった。

（ああ、しまったわ……！）

黒狼を助けるためにも、これ以上怪しまれたくないのに。

葛藤《かっとう》するアシュリーに、クライドが苦笑《くしょう》した。

「もう夜が明けたな。色々あったから、アシュリーは疲れたんだろう。一度母屋《おもや》に戻って朝食と休憩《きゅうけい》をとってから、この続きをしようか」

確かに疲れてはいるけれど、黒狼のことが最優先である。

先ほど確かに反応した。もっと側《そば》にいたい。黒狼をお風呂に入れて喜んでもらいたい。

アシュリーは頑張《がんば》ってクライドに言った。

「私は大丈夫です。続けましょう」

「無理しなくていいから。そうだ、俺が母屋まで送っていくよ」

「いっ、いいえ！　このままで大丈夫です!!」

二人きりで母屋まで送ってもらったら、途中《とちゅう》で倒《たお》れる自信がある。

ここでクライドと一緒《いっしょ》にいるのも恐《おそ》ろしいけれど、まだジャンヌとハンクがいる。迷う余地はない。

「――そう。じゃあ、よろしく。疲れたら言ってね」

含《ふく》みのある顔でにっこりと微笑《ほほえ》まれ、アシュリーは唾《つば》を飲み込みながら頷いた。

その状況《じょうきょう》を興味津々《きょうみしんしん》で見つめるハンクに、クライドが言う。

「黒狼を風呂に入れればいいんだな。たらいでいいか。確か、ここの二階の物置にあったはずだ。ハンク、取りにいくぞ」

「はいはいー」

中庭の端《はし》にある階段を上るクライド。その後を、ハンクが楽しそうについていく。

残されたアシュリーはホッと息を吐《は》いた。クライドから離れられて、ようやく安堵《あんど》した。

その様子に眉《まゆ》をひそめていたジャンヌが、乱暴な足取りで中庭へ向かった。井戸《いど》へお風呂用の水を汲《く》みにいくとわかったので、アシュリーは手伝おうと後を追った。

「ジャンヌさん、私もお手伝いします」

「いえ、結構です」

「遠慮《えんりょ》しないでください」

「遠慮なんてしていません！」

振り返ったジャンヌが苛立《いらだ》たしげに聞く。

「クライド様のお側に行かれないんですか？　私の手伝いをなさっても、クライド様の歓心《かんしん》は買えませんよ」

クライドの歓心だなんて、考えるだけで寒気がする。

「私はジャンヌさんのお手伝いがしたいんです」

ジャンヌが目を吊《つ》り上げた。

「わざとらしく、興味がないふりをなさっても無駄《むだ》です。そんなの、すぐにばれますから！」

ふりではない。本心である。けれど理解してもらえるとは思えない。

諦《あきら》めて遠くを見るアシュリーに、ジャンヌがこれまでと違《ちが》う低い声を出した。

「魔獣をお風呂に入れるなんて本気ですか？」

「はい。本気ですが」

「常識的に考えておかしいと思いませんか？　恐ろしい魔族なんですよ？　別にいつ命を落としたって構わないし、死なないだけの最低限の世話だけして放っておけばいいんです」

これが普通《ふつう》の人間の考え方なのだ。わかっていても無性《むしょう》に悲しくなった。

しゅんと肩を落として落ち込みかけて、黒狼の毛並みが妙《みょう》に綺麗だったことを思い出した。

改めて周りを見てみれば、馬房内《ばぼうない》にはゴミが一つも落ちていない。床《ゆか》はぴかぴかに磨《みが》かれ、壁《かべ》も側溝《そっこう》も掃除《そうじ》が行き届いている。

(中庭は雑草がたくさん生えていたし、手前の何もいない馬房はほこりだらけだったのに)

三人では手が行き届かないのに、ここだけは綺麗に保っているということだ。

なぜ？　と思い、口を開いた。クライドには怖くて気軽に話しかけられないけれど、ジャンヌになら大丈夫だ。

「黒狼《こくろう》様は恐ろしい魔族なんですよね？」

「そうです」

「だから最低限のお世話しかしていないんですよね？」

「そうですったら！」

「でも、この馬房はぴかぴかですよ？」

「……昨日、たまたま掃除をしたばかりなので」

「でも、この馬房だけですよ？　しかも壁や側溝の隅《すみ》っこまで、とても綺麗です」

「……」

「それに黒狼様の毛もツヤツヤしてましたよね。寄生虫もいないし、皮膚《ひふ》も綺麗だし、爪《つめ》も伸《の》びていません。あっ、体の毛も長さが揃《そろ》っていました」

ジャンヌがさらに低い声で、まるで呻《うめ》くような声で言った。

「――非難のおつもりですか？」

「えっ？」

「黒狼を起こせないのに余計なことばかりして、と責めておられるのですか――？」

怒《おこ》っているようにも悲しんでいるようにも、どこか怯《おび》えているようにも聞こえる。

ジャンヌの言葉の意味もよくわからない。

けれど何より、そんなふうに言われたことに驚《おどろ》いた。アシュリーは思わず大声を上げていた。

「そんな、まさか！　びっくりするようなこと言わないでください！」

「……えっ？」

「すごいな、と感心したんです。ジャンヌさんたちは忙《いそが》しそうなのに、黒狼様のためにここまでしてあげて、素晴《すば》らしいことですよ！」

ジャンヌたちにとっては黒狼は恐ろしい魔獣《まじゅう》で、敵でしかないはずだ。それなのに頑張って、ここまで綺麗《きれい》にしてくれている。それだけでもすごいことなのに。

「私はとても嬉《うれ》しいです。それに黒狼様も、絶対に喜んでおられるはずです！」

黒狼は綺麗好きで、こまめに毛づくろいをしていたから。

彼らの目的は気になるけれど、黒狼の環境《かんきょう》が決して悪くない、いや、むしろとてもいいことに安心した。

ジャンヌは呆気《あっけ》に取られていたが、やがてきつく唇《くちびる》を噛《か》みしめた。今にも泣きそうな顔になる。

（どうしたのかしら？）

変なことを言ったかな、と心配になった。

そこでジャンヌの長い金髪《きんぱつ》がかすかに揺《ゆ》れた。白い耳がちらりと覗《のぞ》く。

（あれ？）

ジャンヌの耳に金のイヤリングがついている。重要なのはその形だ。ただの丸かと思ったら、ちょっと違う。全体的には丸いけれど、上に二本長い耳のようなものが突《つ》き出している。あれはウサギの形ではないか。

(ひょっとしてウサギが好きなのかしら?)

同志だ、と心が弾《はず》んだ。

「ジャンヌさん、ひょっとして――」

「たらいを持ってきましたよー!」

ハンクの元気な声がした。

クライドと二人がかりで運んできたのは、予想より大きなたらいだった。黒狼でも全身すっぽりと収まるほどの大きさである。ばっちりだ。満足するアシュリーにハンクが聞く。

「ここに井戸水を注げばいいんですね?」

「はい。たくさん入れましょう。肩《かた》までつかるのがお好きでしたから――好きだと思います」

「わかりました」

たらいの縁《ふち》いっぱいまで水が注がれ、クライドがそこに手をかざした。手のひらから光があふれたかと思ったら、水面からたちどころに湯気がたちのぼった。

「すごいですね!」

驚きだ。まさに一瞬《いっしゅん》である。

ハンクが誇《ほこ》らしげな顔をした。

「クライド様は俺たちより魔力が強いんです。なんと言っても直系王族ですから」

そうだ。ここの結界はクライドが張っているのだ。眠《ねむ》っているといえど、魔獣の瘴気《しょうき》を抑《おさ》え込めるほどの結界を。

勇者も魔王に匹敵《ひってき》する強大な魔力を持っていた。思い出して背筋が寒くなった。

「じゃあ風呂《ふろ》に入れるか。まさか魔獣を風呂につからせるだなんて考えてもいなかったよ」

「そうっすよね。でも、いいですね。楽しいです」

その言葉どおりハンクは楽しそうだ。元々ノリがいい性格らしい。

（それより――）

クライドが黒狼を湯に入れることを喜んでいるように見えるのはなぜだ。

これで目覚めるかもしれない、という期待からだろうか。

（……）

なんだろう。何か釈然《しゃくぜん》としない。

前世を思い出した時から、アシュリーは自分と周りの魔族に対する考え方の乖離《かいり》に苦しんできた。トルファ国民にとって、魔族は自分たちの先祖を蹂躙《じゅうりん》し、住む土地すらも力ずくで奪《うば》おうとした憎《にく》き敵だ。

もちろんアシュリーとて今世は人間だから、魔族を恨《うら》む気持ちも理解できる。けれど頭でわかることと、感じることは違う。いい魔族も大勢いたし、大好きな仲間たちだった。

その考えを理解してくれる人はいない。そうわかっているからこそ――。

（ちょっと嬉しい……）

理由はどうあれ、クライドたちが黒狼のためを思ってしてくれることを嬉しく思うのだ。

クライドが黒狼の前で呪文《じゅもん》を唱えた。黒狼の口元と四本の足の先が光る。

黒狼の体の下に両手を差し入れたクライドが、力を込めて持ち上げた。光の魔法は黒狼の体を軽くするためかと思ったが違ったようだ。目覚めた時に、嚙みつかれないようにするためのものらしい。

そのままゆっくりと黒狼をたらいへ運ぶ。けれど、

「おっと」

やはり重いようで、途中《とちゅう》でバランスが崩《くず》れて黒狼の体がぐらりと揺れた。

（黒狼様！）

一時も逃《のが》さず見つめていたアシュリーは、ジャンヌやハンクよりも早く黒狼の脇腹《わきばら》を支えることができた。けれどそのせいで、クライドの腕《うで》と自分の腕が触《ふ》れ合った。

（ひぃ――っ！）

戦慄《せんりつ》が走った。けれど今手を離したら、黒狼が落下してしまう。

（頑張《がんば》れ、私！　黒狼様を無事にたらいへお連れするのよ）

自分に言い聞かせ、必死に耐《た》えた。

力を合わせて、たらいへ慎重《しんちょう》に運ぶ。触れ合った腕からクライドの体温が伝わってくる。

（ううー……）

体の奥がざわざわする。怖気《おじけ》づくも、

（黒狼《こくろう》様のためよ。黒狼様の……！）

と、頑張って歩を進めた。

だがやはり怖《こわ》いのはどうしようもない。泣きたくなってきた。

そこで、クライドの体勢が少し傾《かたむ》いているのに気がついた。よくよく見ると、触れ合ってい
た腕がほんの少しだけ離《はな》れているではないか。

アシュリーが嫌《いや》がっているとわかったクライドが、黒狼を落とさないようにしつつ無理に腕
を曲げているのだとわかった。

胸が詰《つ》まった。怖がってばかりいるけれど、クライドは優《やさ》しい人なのだ。出会ってからずっ
とそうだった。ちゃんとわかっている。

（……よおし）

アシュリーは奮起し、全身に気合いを入れた。

（腕が触れ合うくらい、なんでもないことよ）

黒狼を起こすことが最優先なのだから。

黒狼の脇腹に右腕を深く差し込んだ。再び腕が触れ合う。クライドがちらりと視線を寄越《よこ》し
たけれど、見返す余裕《よゆう》はない。アシュリーは左手で黒狼の足を支えながら、そろそろと進んだ。

たらいに張った湯の中に、二人でゆっくりと沈《しず》める。

（どうかしら？）

クライドが黒狼の首を押さえて沈まないようにしているため、黒狼は水面から顔だけ出している状態である。

たらいから湯気がたちのぼり、黒狼のフサフサした顔の毛が水蒸気でしっとりとしていく。

期待して見つめるものの、やはり目覚めない。反応もない。

それでもアシュリーは希望を捨てず、クライドの側《そば》に膝《ひざ》をついた。固く目を閉じる黒狼の後頭部に優しく湯をかける。

（黒狼様、どうか目覚めてください）

なぜ眠り続けているのかわからない。それでも、このまま殺されるなんて絶対に駄目《だめ》だ。やっと会えたかつての仲間なのだ。

（黒狼様……！）

一心に湯をすくってはかけるアシュリーを、クライドたちがじっと見つめる。

やがてジャンヌとハンクも、一緒《いっしょ》に湯をかけ始めた。

クライドも片方の手で黒狼の首を支えたまま、もう片方の手を湯の中に入れた。その周りが光り出す。湯の温度が一定になるようにしているのだ。

誰《だれ》も、何も話さない。静けさの中、湯がはねる音だけが馬房《ばぼう》に響《ひび》いた。

その時だ。黒狼の耳が小さく動いた。

アシュリーも驚《おどろ》いたが、クライドたちは驚愕《きょうがく》したようだ。

「今、動いたぞ!?」

「本当ですね！　動きましたよ、すごい！」

「信じられない。本当に!?」

紅潮した顔を見合わせる。

「さては風呂が気持ちいいんだな。もっと湯をかけろ！」

興奮したハンクが、両手でザブザブと湯をかけた。クライドとジャンヌの顔も期待に輝《かがや》いている。

けれど黒狼はそれ以降、動くことはなかった。元の眠れる魔獣《まじゅう》に戻《もど》ってしまった。

それでも――。

「すごいですわ、クライド様。ようやく黒狼が反応しましたよ！」

「やりましたね！」

魔術師たちの弾んだ声に「ああ」とクライドが高揚《こうよう》した顔で頷《うなず》いた。

そして驚くことに、クライドがそっと黒狼の頭をなでた。よかったなと語りかけるように、とても大切そうな手つきで。

頭から背中へ、そして尻尾《しっぽ》へ、ゆっくりとなでていく。

（嘘《うそ》……）

信じられない光景に、アシュリーは愕然とした。

（やっぱり黒狼様を利用しようとしているんじゃない……？）

ジャンヌもハンクも、黒狼への態度が憎い敵に対するものではない。

そしてクライドはむしろ、黒狼を大事にしているようにすら見える。

（どうして？）

理由がわからない。呆然《ぼうぜん》とするアシュリーに、

「ありがとう。アシュリーのおかげだ」

クライドが嬉《うれ》しそうに笑いかけてきた。初めて見る、まるで子どものように無邪気《むじゃき》な笑顔《えがお》。

（記憶《きおく》の中の勇者と違《ちが》う……）

直接、勇者の顔を見たわけではない。けれど魔族に対する恨みと憎しみでいっぱいだったことはその口調からわかった。だからこそ怖いと思ったのだ。

彼と同じ金の髪《かみ》と緑色の目のクライド。彼の子孫。それなのに——。

（魔族を相手に、こんな優しい顔をするんだわ……）

凝《こ》り固まっていた心の内にひびが入り、そこから新鮮《しんせん》な風が吹《ふ》き込んだような気がした。

そこで、クライドのすぐ横に座っていたことに気がついた。まさに膝が触れ合いそうなほど近い。

反射的に飛び退《の》いてから、あれ、と不思議に思った。

黒狼に気を取られていたからとは思うけれど、それでもその間は平気だった。これほど間近で接していたのに、ちっとも不安に感じなかった。

(腕が触れ合った時は、あんなにも怖《こわ》かったのに……)

どうしてだろう。クライドを見上げると、黒狼を見つめる眼差《まなざ》しがとても温かい。

感情の整理がつかない。気づくと、頭の中を占《し》める疑問が口から出ていた。

「──クライド様は、目覚めた後の黒狼様をどうなさるおつもりなんですか?」

クライドがこちらを向いた。アシュリーを見つめて、ゆっくりと答える。

「ずっと眠《ねむ》り続けていると言ったけれど、それは嘘だ。黒狼は一度目覚めた」

「えっ! いつのことですか⁉」

「俺がまだ子どもの頃《ころ》だ。少しだけだが、話もできたよ。その時に黒狼が言ったんだ。『魔王様の魂《たましい》の許《もと》へいきたい。だが今のままでは、ただ死ぬだけだ。その場所へは決してたどり着けない』と。それからすぐにまた、固く目を閉じてしまったから詳細《しょうさい》は聞けなかったけど、俺はその望みを叶《かな》えてやりたいんだ。そのために目覚めさせて、もっと詳《くわ》しく話を聞きたい」

驚愕のあまり言葉がでない。

黒狼の望みを叶えたい? クライドは王族なのに?

それでも魔族だったアシュリーは、その言葉が真に黒狼が言ったことだとわかった。

当時の上級魔族たちの間で、そのように言い伝えられていたからだ。命を終えても魔王の魂と共にあることは、最大の名誉《めいよ》だと。

側近で、魔王を崇拝《すうはい》していた黒狼なら、確かにそう言うはずだ。けれど――。

「どうして黒狼様は、クライド様にそんな話をしたんですか？　それに子どもの時って、この場所でですか？　一体どういう状況《じょうきょう》だったんです？」

憎《にく》い勇者の子孫であるクライドを相手に、どうしてそんな話をしたのか。

珍《めずら》しく積極的なアシュリーに、クライドが小さく笑った。

「質問が多いね」

「そりゃ……！」

「次はアシュリーの番だよ。どうして黒狼について知っている？」

言葉に詰まった。クライドは話してくれたのに悪いとも思うけれど、前世が魔族だったなんて絶対に言えない。

どう誤魔化《ごまか》そうか焦《あせ》っていると、クライドが苦笑《くしょう》した。

「いいよ。前にも言ったけど、怯《おび》えて口を閉ざされるほうが困る。今のところ、アシュリーが黒狼を起こす唯一《ゆいいつ》の頼《たよ》りだからね」

追及《ついきゅう》されないことにもホッとしたけれど、何より黒狼を目覚めさせたい理由に安堵《あんど》した。

（魔族を滅《ほろ》ぼした勇者。クライド様はその子孫なのに……）

前世の死に際《ぎわ》の記憶がよみがえる。『殺せ――』容赦《ようしゃ》のない冷たい言葉が、黒ウサギの心に突《つ》き刺《さ》さった。あの忌《い》まわしくて、身が竦《すく》む恐怖《きょうふ》。

勇者は怖い。恐《おそ》ろしい。それは今でも変わらない。けれど――。

少し離《はな》れたところからクライドの背中を見つめる。黒狼の側にいるクライドの後頭部は、見事な金色だ。忌まわしくて恐ろしい、不安を煽《あお》る色。

けれどそれが少しだけ違って見えた。

記憶の中の、心に刻まれた恐ろしい色とは、ほんの少しだけ――。

クライドは視線を感じて振《ふ》り返った。馬房の隅《すみ》にいるアシュリーと目が合う。

途端《とたん》に、怯えたように顔を背《そむ》けられた。

(わからないな)

なぜ避《さ》けられるのか、が。何しろデビュタントが行われた宮殿《きゅうでん》で初めて会ったのだ。

それまでクライドはアシュリーの存在を知らなかった。クライドが自分の存在を隠《かく》していたため、アシュリーも同じだろう。だから嫌《いや》がられる理由がわからない。

今まで女性から嬉しそうな顔をされたことはあっても、怖がられたことはない。

怖いと言えば、まず魔獣を世話していることだろう。けれどアシュリーは逆に、魔獣には会えて幸せそうな、まるで憧《あこが》れの人を見るような顔をする。

(なんなんだ)

なぜ黒狼《こくろう》を知っているのか大きな疑問だし、わからないことだらけだ。それでも——。

(面白《おもしろ》い)

黒狼にせっせとブラシをかけている姿を見ていたら、いつの間にか微笑《ほほえ》んでいる自分に気がつく。重苦しい心が、少しだけ軽くなっているから不思議だ。

昨夜の夕食の席と同じだな。そう思い、向かいにいるジャンヌに言った。

「ハウスメイドが、差し入れにと焼き菓子《がし》をくれたんだ。そこの道具箱の上にある小さな袋《ふくろ》だ。皆《みな》に配ってくれないか？」

「わかりました」

紙袋《かみぶくろ》の中には、一口大に切られたシンプルなケーキがたくさん入っている。

ジャンヌが逡巡《しゅんじゅん》しつつ「どうぞ」と、最初にアシュリーにケーキを手渡《てわた》した。

その光景にクライドは驚いたが、すぐに納得《なっとく》した。

風呂《ふろ》用のたらいをハンクと取りに行き戻ってきたら、アシュリーとジャンヌの間にある空気が今までと違った気がしたからだ。いや、二人の間というよりは、ジャンヌがアシュリーに向けるものが。

(さすがアシュリー、と言うべきか)

この令嬢《れいじょう》は自分では気づいていないようだが、知らぬうちに他人を癒《いや》している。だから他人は、彼女のために何かしたいと思うようになるのだ。クライドのように。

クライドの見つめる前で、癖《くせ》なのか、アシュリーが渡されたケーキの匂《にお》いを嗅《か》いだ。オレンジがかった色のケーキ。その正体がわかったのかアシュリーの顔が輝《かがや》いた。満面の笑みで口に運ぶ。よかった。気に入ったようだ。

「クライド様、黒狼の首を支える役目を代わりますよ」

両手にケーキを持ったハンクがやってきた。

先ほど黒狼の耳が動いてからは、一度も反応しない。そろそろ潮時かと思いながら「大丈夫《だいじょうぶ》だよ」と返した。

「クライド様は食べないんですか？　なかなか美味《うま》いっすよ」

「俺はいいよ。その分をアシュリーにやってくれ。好みの味だろうから」

ハンクはぴんときたようだ。

「じゃあこのケーキは、クライド様がこの味で作ってくれと、わざわざメイドに頼《たの》んだものなんですね？」

察しがいい。優《やさ》しい甘さの中に、すりおろした人参《にんじん》の風味が香《かお》るケーキ。前日の夕食でアシュリーが美味《おい》しそうに人参スープを飲んでいたから、きっと好きだろうと思ったのだ。

「婚約者《こんやくしゃ》への愛っすね」

「そんなのじゃないよ」

苦笑した途端、ふと以前にかけられた言葉が脳裏《のうり》に浮《う》かび、胸の内が重くなった。

『クライド殿下《でんか》はトルファ国のことなど、どうでもいいと思っておられるのですか』

敵意のこもった響《ひび》きに、今でも気持ちが暗くなる。四年前のことだ。サージェント家の前当主が亡《な》くなり、クライドが正式に跡《あと》を継《つ》ぐことになった。

養子に入ることは幼い頃から決まっていた。当時から高齢《こうれい》の前当主には子どもがなく、親戚《しんせき》の男子にも、結界を張れるほどの魔力《まりょく》の持ち主はいなかったからだ。

けれど名乗りを上げたクライドに、兄弟たちも王室関係者たちも反対した。

直系王族の、しかも次男だ。もっと他《ほか》に適任がいるだろうと。

反対意見に屈さず強行したのは、クライド自身だ。魔獣《まじゅう》を死なせたくなかった。

これまでも王室内で、先祖の敵である魔獣を生かしておく必要はないという意見はあった。けれど生態のわからない魔獣を下手《へた》に刺激《しげき》して何か起こっては危険だ、という穏健《おんけん》派の意見の方が強かった。危険が及《およ》ぶくらいならサージェント家に任せておいて遠巻きに見ていたほうが賢《かしこ》い、というのが彼らの本音であろう。

他にも、せっかく生き残った魔族なのだから研究に使えばいいという意見や、国の武力のためにその強大な魔力を活《い》かせばいい、という意見もあった。

だが結局、二百年間黒狼は目覚めなかった。そういった意見は宙に消え失《う》せ、魔獣の存在は宙ぶらりんになった。

役に立たないのに危険な厄介者《やっかいもの》。そしてトルファ国の憎き敵。

それが魔獣に対する認識《にんしき》で、このまま寿命《じゅみょう》を終えて静かに死ぬのを今か今かと待っている。

それが王室関係者や兄弟たちの一致《いっち》した思惑《おもわく》なのだ。

だから王室の意見に背き、あまつさえ国の敵を保護しようとするクライドに、彼らの目は冷たかった。

『何を考えているんだ。王族としての矜持《きょうじ》はないのか』

『兄上、おかしいですよ。どうされてしまったのです？』

『クライド様は魔族を愛《め》でる、異端《いたん》の王族ですな』

心無い言葉もかけられたし、嘲笑《ちょうしょう》も受けた。それは今も続いている。

もちろん彼らの言い分はわかる。魔族は忌むべきものだし、六百年前にたくさんのトルファ国民が魔族に殺されたのも事実だ。助ける理由はない。

自分が異端だとも、王族失格だとも充分《じゅうぶん》わかっている。

それでも望みを叶《かな》えたいのだ。

黒狼に、子どもの頃《ころ》の恩返しがしたい。

そのためにこの四年間、王族としての自分の立場を無くしても、慕《した》ってくれる弟たちの反対にあっても、突き進んできた。味方はどこにもいない。

覚悟《かくご》していたことだ。それでも張り詰《つ》めた毎日に疲《つか》れていた——。

クライドは顔を上げた。ジャンヌの隣《となり》で、アシュリーが目を細めて人参ケーキを頬張《ほおば》っている。

小さな口で少しずつ、しかし食べる速度は速い。マナーはいいし食べ方も綺麗《きれい》なのだが、好きなものを前にすると無心になってしまうようだ。

(本当に小動物みたいだな。タヌキ、リス？　いや、ウサギか)

微笑ましくて、気がつけば笑みが浮かんでいる。疲れも悩《なや》みも忘れて、穏《おだ》やかな気分になっているから不思議だ。

(黒狼のことも光が見えてきた)

何しろ初めて反応したのだ。信じられなかった。

駄目《だめ》かもしれないと、歯を食いしばって悩んでいた日々が嘘《うそ》のようだ。

(アシュリーのおかげだな)

特に気に入って婚約者に選んだわけではない。たまたまだ。

それでも今は、もう放したくない——。

「なんだかクライド様、楽しそうですね」

ハンクが不思議そうに言った。

「そうか？」

「そうですよ。でもジャンヌを放《ほう》っておいて大丈夫ですか？　あいつ気が強いし、アシュリー様に対して、結構きつい態度をとってますよ。……あれ、でも今はおとなしい気がしますね。なんでだろう？」

ハンクは首を傾《かし》げながら、少し離《はな》れたところにいるジャンヌのほうに寄っていった。

ハンクとジャンヌは宮殿《きゅうでん》から派遣《はけん》された魔術師である。

魔獣の世話兼《けん》クライドの護衛というのはただの名目で、実際は国王がクライドに魔獣の保護を諦《あきら》めさせるため送り込んだスパイかと、最初は警戒《けいかい》もした。

しかし、そうではなかった。貴重といえどただの魔術師に王室のごたごたを知らせたくなかったのか、はたまた二百年間も眠《ねむ》り続ける魔獣をクライドが起こすなんてできないと高を括《くく》っているのか、二人は何も知らなかった。

保護しているものが魔獣だとも知らず、ここへきた当初は絶句していた。

けれどクライドの頼みどおり、熱心に魔獣の世話をしてくれる。この四年間で信頼《しんらい》関係もできた。とても心強い。

けれど彼らの立場を考えると、信頼し過ぎてはいけないと自分を戒《いまし》めてもいる。

彼らが今仕えているのはクライドだが、本来は国であり、国王である。だからそれらに歯向かうクライドに心底味方をするわけにはいかないし、またさせるわけにもいかない。

協力してくれることには心から感謝している。彼らがいなければ黒狼《こくろう》の世話は立ち行かない。

けれどやはり、どこまでいっても自分は一人きりだ。真の味方はどこにもいない——。そんな思いが拭《ぬぐ》えない。

ふと顔を上げると、顔を真っ赤にしたジャンヌがハンクにぶちぎれていた。

「ハンク、あんた馬鹿《ばか》なんじゃないの！　何をふざけたことを言うのよ。私がどれだけ我慢《がまん》して、考えないようにしていたと思ってんの——！」

（また余計なことを言ったな）

ため息を吐《つ》き、心の中でハンクの言葉を反芻《はんすう》する。『ジャンヌがアシュリーにきつい態度をとる——』。

（大丈夫だよ）

確信を込めて微笑《ほほえ》んだ。

（相手がアシュリーだからな）

◆◆◆

◆◆◆

ジャンヌが人参ケーキを食べるアシュリーを見つめていると、ハンクが近寄ってきた。その顔に浮かぶ笑みから、ろくでもないことを言ってくると予想する。案の定、

「なあ、アシュリー様ってなんか小動物っぽくないか？」

激しく動揺《どうよう》した。ハンクは適当な性格をしているくせに、意外に鋭《するど》い。

けれどジャンヌはそれを認めるわけにいかない。

「何を馬鹿なことを言ってるのよ。そんなわけないでしょう」

「いや、絶対にそうだって。イタチ？　タヌキか？　いや、違《ちが》うな」

「ちょっと、やめ――！」

「あれだ。ウサギだ！」

なんたる直球。一切《いっさい》の誤魔化《ごまか》しもできないストレートな言葉に、ジャンヌはぶち切れた。

「ハンク、あんた馬鹿なんじゃないの！　何をふざけたことを言うのよ。私がどれだけ我慢して、考えないようにしていたと思ってんの――！」

アシュリーがどこかウサギに似ていると、ジャンヌが一番わかっている。

クライドに近づかれて全身をふるふると震《ふる》わせたり、人参《にんじん》ケーキを小さな口で素早《すばや》く食べる仕草が、ウサギを彷彿《ほうふつ》とさせるからだ。

今もそうだ。突然怒《とつぜんおこ》り出したジャンヌにアシュリーは目を見張ったが、それでも人参ケーキは食べ続けたままだ。無意識なのか。貴族令嬢《れいじょう》なのに。それほどケーキが好きなのか。

鈍感《どんかん》なハンクが感心したように首をひねった。

「アシュリー様は甘いものがお好きなんですねえ」

「好きです。でも人参も大好きで、だからその二つが合わさったこのケーキは最強です」

人参が好きだなんて、やっぱりウサギじゃないの。そんなことを思った自分が嫌《いや》になる。

ジャンヌはクライドが好きなのだ。四年前にサージェント家に派遣されて以来、ずっと憧《あこが》れている。

他に類を見ないほどの美貌《びぼう》。魔力《まりょく》も身体能力も高く、頭もいい。けれどそれに驕《おご》ることなく努力家で、自分で決めたことを貫《つらぬ》き通す強さを持っている。

そんなクライドに夢中にならないわけがない。

（でも――）

だがそんなクライドよりも、ジャンヌには好きなものがあった。そう、ウサギである。

ふわふわの毛に、ぴんと立つ長い二本の耳。つぶらな瞳《ひとみ》に、ころんと丸い尻尾《しっぽ》。小さな鼻をヒクヒクさせて二本足で立ち上がったり、体を丸めてふるふると震えていたりするのだ。

これほど可愛《かわい》いものは他《ほか》にない。

けれど誰《だれ》にも言ったことはない。サバサバ系美女の――と自分で思っている――ジャンヌがウサギ好きだなんて似合わないからだ。

だからこっそりと、ウサギの形をしたイヤリングをつけたり、下着にウサギを刺繍《ししゅう》したり、部屋にウサギの絵を飾《かざ》ったりしている。

もちろんイヤリングは髪《かみ》で隠《かく》し、刺繍は見えないところにあしらい、絵はその上から違う絵を飾っている。

そんな時、突然クライドが婚約者《こんやくしゃ》を連れてきた。驚《おどろ》いたし、ショックだった。当のアシュリーがどこから見ても平凡《へいぼん》な女性だからなおさらだ。

さらに気にくわないのは、アシュリーがクライドを嫌がっているふりをすること。

わざと怯《おび》えたふりをして逃《に》げて、クライドの気を引こうとしている。

クライドを嫌がる女性なんて存在するわけがないのに。

(不愉快《ふゆかい》な方だわ)

そう思ったから、馬鹿にした態度をとった。

それなのに、アシュリーはジャンヌを見ると逆に安心した顔をする。おかしい。

苛立《いらだ》ちと戸惑《とまど》いから、アシュリーは廐舎《きゅうしゃ》の掃除《そうじ》にいつもより力が入った。元々綺麗好きなこともあり、床《ゆか》だけでなく壁《かべ》も隅々《すみずみ》まで磨《みが》く。ぴかぴかになった馬房《ばぼう》に一瞬《いっしゅん》満足するも、中央に寝《ね》そべる黒狼に目をやるとすぐに気持ちが暗く沈《しず》んだ。

どれほど頑張《がんば》っても、出口の見えない黒狼の世話に疲れていた。

派遣された当初はわからなかったけれど、今ではクライドが国に楯突《たてつ》いていて自分たちが間違ったことをしているとわかっている。

だからこそ結果が欲しかった。黒狼が目覚める兆候でもいい。どんな小さなことでもいいから、何か実感できれば頑張れた。

けれど黒狼は眠ったまま、何の反応もなかった。四年間ずっと。

自分の進むべき道がどんどん見えなくなっていく。苦しい毎日だった。

『でも、この馬房はぴかぴかですよ――』

アシュリーの目を丸くした表情が浮《う》かんだ。手放しで褒《ほ》めてくれた。認めてくれた。

本来なら、魔獣《まじゅう》の世話をするジャンヌたちを侮蔑《ぶべつ》するはずの貴族のお嬢様に。

胸が熱くなり、涙《なみだ》が出そうになるのを必死に堪《こら》えた。

心が動くとは、ああいう時を言うのだろう――。

(私は嫌みな態度をとったのに)

自分の心に素直《すなお》になれば、ただただアシュリーへの申し訳なさしかない。

ジャンヌはゆっくりと顔を上げた。

目の前で、アシュリーはまだ人参ケーキを食べ続けている。一口サイズだからすぐ食べ終わりそうなものだが、すぐなくならないように大事に食べているらしい。

そんな姿を見ていたら、今までの自分が情けなくてたまらなくなった。

祖父の影響《えいきょう》で、ジャンヌは騎士道《きしどう》精神も持ち合わせている。だから戒めを込めて、

「懺悔《ざんげ》――っ!!」

と、思いきり自分の両頬《りょうほお》を叩《たた》いた。

馬房中にものすごい音が響《ひび》いた。アシュリーもクライドもハンクも驚いていたが、なんでもない。悪いことをしたら自分を罰《ばっ》せよ、だ。

「アシュリー様、今まで申し訳ありませんでした！」

平身低頭して詫《わ》びた。

ひどい態度をとった。許されなくても仕方ない。そう覚悟《かくご》していたのに――。

「申し訳なかった、って何のことですか？」

と、きょとんとした顔で返された。

（えっ、これは本音……だわ。嘘《うそ》でしょう。今までの私の嫌みが、本気でわかっていらっしゃらなかったの？）

なんて大きな方だ、と脱帽《だつぼう》した。さすがウサギに似ている方だ。

その夜、ジャンヌはキッチンメイドから台所を借りた。

小麦粉を丁寧《ていねい》にふるいにかけ、卵とバターと砂糖を混ぜる。そこへ人参を細かくすりおろして加え、オレンジ色になった生地《きじ》を平たく伸《の》ばした。

作っているのは、人参クッキーである。

生地を一つ一つウサギの形に整えながら、そういえばお菓子《かし》作りは久しぶりだなと思った。趣味《しゅみ》の一つであり、結構得意なのだ。それでも今までは黒狼を目覚めさせることにいっぱいいっぱいで、こんなことをする心の余裕《よゆう》がなかった気がする。

（喜んでくれるかしら？）

不安になったけれど、甘いものと人参が大好きだと言っていたから大丈夫《だいじょうぶ》なはずだ。渡《わた》した時のアシュリーの顔を想像して、心の中がくすぐったくなった。

クライド様にも少しおすそわけしよう。そしてハンクには絶対にあげない。

そんなことを考えながら、ジャンヌは笑顔《えがお》でせっせとクッキーを焼いた。

〈三〉 婚約者に慣れるにはⅠ

今日は朝から快晴である。アシュリーはぐうっと伸びをしてから厩舎へ向かった。

クライドのことは相変わらず怖《こわ》いけれど、黒狼《こくろう》を起こす目的がわかったことで少しだけ恐怖《きょうふ》がなくなった気がするのだ。まあ、ほんの少しだけれど。

厩舎に着き、正面の扉《とびら》を力いっぱい叩いた。結界が張ってあるため、魔力のないアシュリーは扉を開けられない。

(ジャンヌさんかハンクさんが出てきてくれるといいなあ)

心の中で願うも、

「おはよう、アシュリー」

出てきたのはクライドだった。

アシュリーは精一杯《せいいっぱい》の笑みで応《こた》えたつもりだ。けれどクライドが苦笑《くしょう》したから、成功はしなかったようだ。複雑な気持ちで中へ入り、後ろ手に扉を閉めようとした。その時、

「クライド様」

と、執事《しつじ》のフェルナンがやってきた。いつも穏《おだ》やかな笑みを浮かべているのに、めずらしく

顔を曇《くも》らせている。

異変を察したクライドが、アシュリーをかばうように扉の外に出た。

（どうしたのかしら……？）

不安になり、少しだけ開いた扉の隙間《すきま》から恐《おそ》る恐る外の様子をうかがった。

クライドと対峙《たいじ》しているのは、フェルナンが案内してきた相手である。

「やあ、クライド兄さん」

金髪《きんぱつ》と鮮《あざ》やかな緑色の目に息を呑《の》んだ。アシュリーと同じ年くらいの男性である。クライドほど整った顔立ちではないけれど、甘い口元が人を惹《ひ》きつける。

（この方はもしかして――）

背筋が冷たくなった瞬間、クライドのため息混じりの声が聞こえた。

「ユーリ、今度はお前か」

「嫌《いや》だな。久しぶりに会うんだから、もっと喜んでよ」

「この前は貴族院長、その前は王室長官がやってきたぞ。一体、誰《だれ》の差し金だろうな」

「兄上はクライド兄さんを心配してるんだよ。それに今回来たのは、それだけじゃないよ。婚約したと聞いたから、ぜひお相手に会ってみたくてね」

自分の話題が出て怯えながらも、やはり彼はクライドの弟なのだと思った。そして勇者の子孫――。

「女性からは引く手数多《あまた》なのにちっとも興味を示さないクライド兄さんが、婚約したと聞いたから驚いたよ。でもちっとも宮殿《きゅうでん》に連れてきてくれないから、自分から会いにきたんだ」

子孫が二人に増えて怖い。出てきて挨拶《あいさつ》をしてくれ、と言われたらどうしよう。

しかし「ユーリ」と呼びかけるクライドの声は硬《かた》い。「何度来ても答えは一緒《いっしょ》だよ。俺は魔獣を助けたいんだ。このまま死なせたくない」

今まで聞いたことのない、疲《つか》れたような声音《こわね》だ。アシュリーは驚いてクライドの背中を見つめた。

ユーリの顔が歪《ゆが》む。

「まだ言うんだ。僕たち兄弟を敵に回してまで守る必要がある？」

「その理由は、前に、お前たちと兄上にだけ話しただろう」

「まあね。でもとても信じられないよ。だいたい、昔この国を侵略《しんりゃく》しようとした敵だよ？　魔獣は弱っていて、このまま放《ほう》っておいてもすぐに死ぬんだろう？　じゃあそれでいいじゃないか。わざわざ世話をして助ける必要はないよ」

当然だと言うべき口調に、アシュリーの胸が苦しくなった。

今世は人間なので、これがトルファ国民として普通《ふつう》の考え方だと理解できる。

けれど前世の自分が頑《がん》として異を唱える。トルファ国だって魔族を殺し、さらには滅《ほろ》ぼしたではないか、と。

どちらが悪いかと聞かれたら、それはわからない。どちらも悪かったのだとも思う。考えても答えは出なくて、ただ胸が急《せ》くような寂《さび》しさとむなしさが込み上げるだけだ。

（そういえば、クライド様はどういう立場にいるの？）

今まで自分や黒狼のことでいっぱいいっぱいで、クライドの立ち位置について考えたことがなかった。

王族なのに黒狼を助けようとするクライドは異端《いたん》だろう。魔族《まぞく》の記憶《きおく》があるアシュリーからしたら嬉《うれ》しいけれど、トルファ国側からしたら裏切り者に他《ほか》ならない。

「このまま王室からの命に背《そむ》いて魔獣《まじゅう》を保護し続けるなら、王族としての地位が危《あや》うくなるよ。それどころか、国に対する反逆行為《こうい》とみなされてもおかしくない」

アシュリーの考えを助長するかのようなユーリの言葉に、愕然《がくぜん》とした。たまらなくなりその背中を凝視《ぎょうし》すると、視線に気づいたのか、クライドが振《ふ》り返った。

アシュリーのいる扉の隙間に向かって、かすかに微笑《ほほえ》む。

まるで「仕方ない」と達観しているような、寂《さみ》しげな笑みだ。

（どうして……）

胸が詰《つ》まる。クライドは自分の立場を投げ捨ててまで、黒狼を助けようとしているのか。なぜ、そこまでするのか。

クライドがユーリに向かって静かに、しかし断固とした口調で告げた。

「全《すべ》てわかってるよ。でも悪いな。なんと言われても、俺は自分の行動を変える気はない」

「兄さん……！」

「ごめんな。お前には悪いと思ってるよ」

クライドがユーリの頭をなでた。ユーリが眉根《まゆね》を寄せてその手を振り払《はら》う。

「……もう子供じゃないんだけど」

「そうだな。大きくなったよ」

気軽な口調は、面倒見《めんどうみ》のいい兄を感じさせた。今までもきっと、こういう態度で接してきたのだろう。ユーリの眉根に不機嫌《ふきげん》を示す皺《しわ》が増えていくが、それでも表情はどこか拗《す》ねているものに変わったから。

「せっかくきたんだ。お茶でも飲んでいくか？」

「飲んでいく――と言いたいところだけど、今日は帰るよ。兄上から、すぐに結果を報告しろと言われてるから」

（『兄上』ということは……国王陛下だわ！）

三人目の勇者の子孫。

「父上と母上が亡《な》くなってから、兄上はクライド兄さんを一番頼《たよ》りにしているんだよ。クライド兄さんがサージェント家に養子にいくと決めた時、僕と弟も寂しかったけど、最後まで反対したのは兄上だから。今からだって遅《おそ》くないよ。この家を継《つ》ぐのは、他の人だっていいじゃないか。——このままだと、兄上は実力行使に出るかもしれない。兵士たちを乗り込ませて、すぐにでも魔獣を始末させるかもしれないよ」

兵士、という言葉に、まざまざと前世の記憶がよみがえった。黒ウサギを見つめる兵士たちの冷たい目。容赦《ようしゃ》なく繰《く》り出された剣《けん》には、果てしない憎《にく》しみがこもっていた。

（嫌……！）

前世の自分と、殺されてしまうかもしれない黒狼とが重なる。

おまけに目の前には、勇者と同じ金の髪《かみ》と緑色の目を持つ者たちがいる。恐怖の渦《うず》に引きずり込まれそうだ。息が吸えない。

目を閉じて耳をふさぎ、その場に座り込みそうになるアシュリーの耳に届いたのは、クライドのはっきりとした声だった。

「魔獣は絶対に殺させない。兄上にも、お前たちにも、誰にも。絶対にだ」

（えっ……？）

まさかそんな——。はじかれたように顔を上げると、クライドの広い背中が見えた。そして、

「俺が必ず守ってみせるよ」

信じられない言葉だ。脳裏《のうり》を占《し》めていた死に際《ぎわ》の記憶がぼやけていく。

熱い思いが喉元《のどもと》まで込み上げて、泣きそうになった。

グッと唇《くちびる》を噛《か》みしめた時、クライドが静かに言った。

「ユーリ、今まで言わなかったが、魔獣を守りたいのにはもう一つ理由があるんだ」

「もう一つ？」

「確かに魔族は人間の敵だ。六百年前、彼らがこの国に攻め込み、トルファ国民を容赦《せ》なく殺したことは事実だ。だから祖先である勇者は魔王を討《う》ち取り、魔族を滅ぼした。トルファでは勇者の英雄譚《えいゆうたん》としてだけ語られているけど、魔族にも非戦闘員《ひせんとう》はたくさんいただろう。だから、これは悲しい歴史でもある。互《たが》いに殺し合った、ただの悲しい歴史なんだよ。それを忘れてはいけないと思う」

クライドが続ける。

「もちろん今、どこかの誰かがこの国に攻め込んだら、国民を守るために俺は剣を抜《ぬ》く。命を懸《か》けて戦う。けれど過去の歴史を、六百年経《た》った今も片側だけから捉《とら》え続けるのは違《ちが》うと思う。それは国を導く俺たち王族が、誰よりもきちんと考えないといけないことだと思うんだ」

こんな人がいるのか。純粋《じゅんすい》に驚《おどろ》いた。

人間でありながら、魔族も公平に見ることができる人。しかも王族で――。

不意に強い風が吹《ふ》き抜けた。クライドの金の髪が風に舞《ま》う。ここからは見えないけれど、緑色の目はまっすぐユーリを見つめているはずだ。

勇者と同じ髪と目を持つ人は、勇者と全く違うことを言う。

(別人だわ……)

勇者とは別人だ。子孫であっても全く違う人。

今までも理解はしていたし、そう思いこもうともしていた。けれど今、初めて素直《すなお》にそう思った。

ユーリが呆然《ぼうぜん》とクライドを見つめる。クライドの考えをこれほどきちんと聞いたのは初めてなのか、ショックを受けたような顔をしている。

そして何かを考えるようにうつむき、やがて顔を上げて小声で言った。

「でもやっぱり、あれは国の敵だよ」

「そうだな」

答えるクライドの表情は見えないけれど、寂しそうに笑ったのだと見当がついた。

「——じゃあ帰るよ」

「ああ。気をつけて」

ユーリが護衛の兵士たちを連れて去っていく。

アシュリーはその後ろ姿を見送ってから、廏舎《きゅうしゃ》の外に出た。身動きせず立ち続けるクライドの近くまで、ゆっくりと寄っていく。

そっと横顔を見上げると、クライドは何か考え込んでいるようにも、疲《つか》れているようにも見えた。

しばらくして、

「ユーリの言っていたことは事実だよ。今の俺の立場は反逆者に近い」

「……はい」

「全て俺のわがままなんだ。それにハンクとジャンヌも巻き込んでいるけど、ごめん。アシュリーも巻き込んだ」

こちらを見てかすかに笑った。胸が痛くなるほど寂しい笑《え》みだ。

（どうして謝るの）

悔《くや》しいような、もどかしいような気持ちが湧《わ》いた。謝る必要なんてない。むしろアシュリーは嬉しいのだから。クライドがいなければ、黒狼《こくろう》は生きてはいなかっただろう。クライドは黒狼をずっと守ってくれていたのだ。

「私は嬉《うれ》しいですよ！」

気がつくと大声を上げていた。

「……嬉しい？」

いぶかしげに聞き返すクライドに、しまったと思ったけれど言葉は止まらない。この込み上げる思いを、なんとかして伝えたい。

「黒狼様を助けられることが、ものすごく嬉しいです。……理由は言えませんが、だからクライド様が同じように考えてくれていて安心したというか、味方ができた気がするんです！　だから、すごく嬉しいです」

「味方……？」

「はい。黒狼様を守る、黒狼様の味方です。もしクライド様が黒狼様を助けようとしていなかったとしても、私は助けます。絶対に助けたいからです。だからクライド様が反逆者であることが私は誇《ほこ》らしいですし、味方ですから私に謝る必要もありません！」

一気に言い、息を切らすアシュリーに、クライドが大きく目を見張った。

そのまま一言も発しない。

やがて、ゆっくりとまばたきをして、

「そうか……」

右手で顔を覆《おお》った。

長い指の間から、込み上げる思いを刻み込むように、強く唇を噛みしめたのが見えた。

「……俺も、本音で味方になってくれた人は初めてだよ」

右手を顔から離《はな》し、アシュリーを見つめる。

そして、ゆっくりと笑った――。


厩舎の吹き抜けになった中庭には、たっぷりの日差しが差し込んできている。

黒狼のいる奥の馬房《ばぼう》にも窓はいくつもあるが、外から見られることを警戒《けいかい》してか天井《てんじよう》近くの窓も全《すべ》て鎧戸《よろいど》が下りている。そのため馬房の中は一日中、オイルランプが灯《とも》されていた。

オレンジ色の暖かみのある明かりの下でうずくまる黒狼は、ただまどろんでいるだけに見える。

「次はどうすればいい？」

クライドが聞いてきた。その口調は以前よりずっと気安い。

アシュリーもまた、考えてから思ったことを前よりも砕《くだ》けた口調で口にした。

「クライド様が子どもの頃《ころ》に、黒狼様は一度目覚めたんですよね？」

「そうだね」

「では、その時と同じことをしてみたら、再び目を覚ますのではありませんか？」

「そうすると、誰《だれ》か死ぬかもしれないから無理なんだ」

(死ぬの!?)

そんな危機的な状況《じょうきょう》だったなんて思いもしなかった。衝撃《しょうげき》で固まるアシュリーに、クライドが笑った。

「でも死にそうだっただけで、誰も死ななかったから大丈夫《だいじょうぶ》だよ」

「それはよかったです……！」

「うん。本当に」

気楽に笑うクライドに、ジャンヌとハンクが驚いた顔をした。

アシュリーは気を取り直して、次の方法を考えた。

「好きな食べ物を目の前に置いてみるとか。美味《おい》しそうな匂《にお》いで目を覚ますかもしれません」

黒狼は食べることも好きだったから。

そこでハンクが、うーんと唸《うな》った。

「さすがに何か食べないと体が保《も》たないんじゃないかと思って、何度も餌《えさ》をやってみたんですよ。高級な鹿肉《しかにく》から、その辺りにいたネズミの肉まで。でも目を覚ますどころか反応すらしませんでした」

「無理に口を開けて、肉片《にくへん》を放《ほう》り込んだりもしましたが、駄目《だめ》でしたね」

顔を曇《くも》らせたジャンヌに、ハンクが思い出したように明るく笑った。

「捕《つか》まえたウサギの肉をやったこともありましたけど、結果は一緒《いっしょ》でしたね。そういや、あの時のジャンヌの怒りようったらなかったな。なんであんなに怒ったんだよ？」

「あの時のことは、一生かかっても絶対に許さないわ。絶対にね！」

「……俺、そこまで怒られることしたか？」

アシュリーも大きく頷《うなず》いて、賛同の意を示した。後ろでクライドが笑っている。

けれど違うのだ。黒狼が好きなのは肉ではない。そこで提案した。

「黒狼様がお好きなのは野菜です。野菜をあげましょう」

「……狼なのに？」

「……肉食獣《にくしょくじゅう》じゃないんですか？」

黒狼は野菜が好きなベジタリアンだった。芽キャベツ、ラディッシュ、アーティチョーク。塩をかけて美味しそうにバリバリかじっていたことを思い出す。

人参《にんじん》も好きだったと聞く。野菜だけであれほど筋骨《きんこつ》隆々《りゅうりゅう》とした体を維持《いじ》し、なおかつ強い黒狼。黒ウサギはなぜ自分とこれほど違うのか、巣穴の中で真剣《しんけん》に考えたものだ。

「肉じゃないのか」

クライドが驚きつつ、面白《おもしろ》そうな顔をした。

動物ではなく魔族《まぞく》なのだ。人間の常識で考えてはいけない。

「よし。野菜をやろう」

「では畑にいって穫《と》ってきます。いくわよ、ハンク」

「了解《りょうかい》」

アシュリーもついていこうとしたら、ジャンヌに笑顔で止められた。

「アシュリー様はここで待っていてください。私たちが穫ってきますから」

「でも――」

「大丈夫ですよ。そんな重労働ではありませんから。ここで、クライド様とゆっくりお待ちになっていてください」

完全なる善意に、嫌《いや》だと思いながらも首を縦に振《ふ》るしかできない。

二人きりになり、アシュリーは恐《おそ》る恐るクライドに視線を向けた。

金の髪《かみ》と緑色の目。何も感じないとは言えないが、怖《こわ》くてたまらないわけでもない。勇者とは別の人だと、もうわかっている。

ユーリに言った言葉が浮《う》かんだ。『俺が必ず守ってみせるよ』――。

黒狼《こくろう》に向けたものだとわかっているけれど、それでも嬉しかった。前世での死に際《ぎわ》、誰か助けて、と強く祈《いの》った。だが誰も助けてはくれなかった。黒ウサギは孤独《こどく》に死んだ。

あの言葉を聞いて、六百年ぶりに初めて救われたような気がしたのだ。

宮殿《きゅうでん》でも助けてもらった。王妃《おうひ》の謁見《えっけん》の間で、一生を棒に振る場面を救ってくれた。

(助けられてばかりだわ)

出会ってからずっと。だから――。

体の脇《わき》で両手を強く握《にぎ》りしめ、おずおずと話しかけた。

「クライド様、あの、今まで色々と申し訳ありませんでした……」

クライドが驚《おどろ》いた顔をした。アシュリーが初めて自分から話しかけたからだろう。

「それでその、以前夕食の席でも申し上げたことですが、私、クライド様に慣れようと思います」

「……俺に慣れる？」

「はい」

慣れたい、と思ったのだ。黒狼を大事に思う味方で、婚約者《こんやくしゃ》。そして助けてくれた人――。

クライドは目を見開いてアシュリーを見つめていたが、

「そうか」

とゆっくり目を伏《ふ》せて笑った。

「ありがとう。よくわからない部分もあるけど、アシュリーがそう思ってくれたことはすごく嬉しいよ」

優《やさ》しい返答にホッとした。よかった。とりあえず最初の一歩である。

「じゃあ、これからよろしく」

いきなり右手を出された。友好の証《あか》しに握手《あくしゅ》を求められたとわかる。

だが決意とは裏腹に、固まってしまった。慣れると宣言しておいてなんだけれど、こんなすぐに求められるとは思っていなかった。

(大丈夫、大丈夫よ)

自分に言い聞かせ、アシュリーも右手を出そうとした。

だが、どうしても右手が動かない。やる気はあるのに本能が拒否《きょひ》しているという感じか。

右手を小刻みに震《ふる》わせながら一人で葛藤《かっとう》するアシュリーを見て、クライドがつぶやいた。

「ここまでは無理か――じゃあまずは、そうだね。試《ため》しに見つめ合ってみる？　婚約者らしく」

驚いたものの、いや、と考え直す。触《ふ》れるのは怖いけれど、距離《きょり》を置いて見つめ合うだけなら大丈夫かもしれない。

緊張《きんちょう》しながら顔を上げた。すぐ目の前にクライドの顔がある。切れ長の形のいい目、スッとおった鼻筋。見まごうことなき美形。普通《ふつう》の女性なら頬《ほお》を赤くして見とれるところだ。

けれど、

(……無理、じゃない?)

足元から震えが走る。染《し》みついた恐怖《きょうふ》は一朝一夕《いっちょういっせき》に消えるものではないと悟《さと》った。

限界が来て、思いきり顔をそらした。

「アシュリー、こっちを向いて」

「むっ、無理です」

やっぱり無理かもしれない。早くも自信を失いかけたその時、

「じゃあいっそショック療法《りょうほう》でも試してみる?」

「……ショック療法?」

「そう。なかなか馬に乗れない者がいるとするだろう。そうしたら無理やりにでも乗せて、とにかく一周走らせてみるんだ。そうするといつの間にか馬に乗れるようになっていた、というやつだね」

聞いたことがある。だがアシュリーの場合に当てはめると、どうなるのか。

「いっそ強く抱《だ》きしめてみようか? 最初にここへ来た時みたいに。そうしたら、すぐに慣れるかもしれないよ」

考えただけでゾッとした。申し訳ないとは思うけれど、勢いよく首を横に振る。

「無理です！」

「そう？　いい方法かもしれないよ？」

「絶対に無理です」

そんなことをされたら失神する自信がある。

「そうか。じゃあやっぱり、少しずつ慣れていくしかないね。はい、もう一度こっちを向いて、俺を見て」

クライドの態度がいつもと違《ちが》わないか、と思ったけれど、それ以上考える余裕《よゆう》がない。慣れると自分から言ったのだ。お腹《なか》に力をこめて、恐怖を抑《おさ》え込んだ。

思いきり目を見開き、クライドを凝視《ぎょうし》する。

クライドもまっすぐ見つめ返してきた。が、しばらくして口元を右手で覆《おお》い、うつむいた。

アシュリーのあまりに必死な様子に笑うのを堪《こら》えているのだとわかったが、それについてどうこう思う心の余裕も、やはりない。

（大丈夫《だいじょうぶ》。怖いのなんて幻想《げんそう》よ。いや、でも怖いんだけど……いいえ、大丈夫よ！）

感情が激しく上下する。ふるふると震え、涙目《なみだめ》になりながら、必死に見つめた。

笑っていたクライドが、ふと真顔になった。えらく真剣な目でアシュリーを見つめる。

ちょうどそこへ、

「野菜を持ってきましたよー」

畑の収穫物《しゅうかく》を抱《かか》えて、ジャンヌとハンクが戻《もど》ってきた。

（天の助けだわ！）

駆《か》け寄るアシュリーに、ジャンヌが満面の笑《え》みを浮かべた。

どっしりとしたカボチャに、色濃《いろこ》いブロッコリー。何層にもなった表面が艶《つや》めくアーティチョーク。キャベツのような形のカーヴォロに、丸々としたジャガイモ、玉ねぎ、セロリ。

（立派な野菜。これで黒狼様が反応してくれるといいけど）

「さっそくキッチンメイドに頼《たの》んで料理してもらおうか」

「はい。やっぱり温かい料理がいいんですかね」

皆《みな》で言い合いながら、野菜を台所へ運んだ。

白のエプロンをつけたキッチンメイド長が驚いた顔をした。

「クライド様にアシュリー様。それに魔術師の方々も。どうされました？」

「悪いが、この野菜を調理してもらいたいんだ。メニューは任せるよ。なるべく香《かお》り高い料理で頼む」

「承知いたしました。失礼ですが、先ほどお昼を召《め》し上がったばかりですよね？　――ひょっとして量が足りませんでしたか？」

キッチンメイド長の顔色が変わった。

「いや、そうじゃないよ。俺たちが食べるんじゃないんだ」

「ではお客様がいらっしゃるのですか？　でしたら、きちんとしたお食事の用意をいたします」

　クライドが答えるより早く、ハンクが口を出した。

「お客じゃないんで大丈夫です。ちょっと黒い動物が食べるだけです」

「えっ？」

「ハンク！」と、ジャンヌが頭をはたく。

　同時に、クライドがハンクを自分の後ろに追いやり、笑顔でごまかした。

「実は新しい魔術《まじゅつ》を覚えようと思ってね。それに必要なんだよ」

「――さようですか」

「頼むね」

　数時間後、注文どおりの料理ができあがった。塩茹《しおゆ》でしたブロッコリーと、濃厚《のうこう》なカボチャスープ。中身を茹でて、オリーブオイルで炒《いた》めたアーティチョーク。そしてカーヴォロとジャガイモ、玉ねぎ、セロリをぐつぐつと煮込《にこ》んだ熱々のポトフである。

（美味《おい》しそう）

　思わず笑みが浮《う》かぶ。いい匂《にお》いにつられて黒狼が目覚めてくれるといいけれど。

　厩舎《きゅうしゃ》に戻り、さっそく眠《ねむ》る黒狼の鼻先に料理の入った皿や鍋《なべ》を置いた。祈《いの》りながら待つものの反応はない。

「もっと匂いを届けるために、あおいでみましょうか」

ハンクが言い、馬房《ばぼう》の端にある道具箱から古い扇子《せんす》を取り出した。ポトフの鍋からたちのぼる湯気をあおぎ、黒狼《こくろう》の鼻先《はし》へ届ける。

「私も」とジャンヌもカボチャスープの入った小鍋を持ち、黒狼の鼻先で揺《ゆ》らした。

アシュリーもまた塩茹でブロッコリーをフォークに刺《さ》して、黒狼の鼻先で小さく回した。

(お願いです。目覚めてください)

魔術師二人と令嬢《れいじょう》が真剣《しんけん》な顔で、魔獣《まじゅう》の前で扇子をあおぎ、鍋を揺らし、フォークを回す。

「──駄目《だめ》みたいですね」

ぴくりともしない黒狼に、ジャンヌが息を吐《は》いた。

「やっぱり、こんなふざけた方法では無理なんじゃないっすか」

ハンクがへらへらと笑いながら失礼なことを言った。

駄目だったのか。落ち込むアシュリーに、クライドは無言で皿を手にした。左手で黒狼の口を開け、炒めたアーティチョークを全《すべ》て放《ほう》り込む。そして、

「はい。もぐもぐ」

と抑揚《よくよう》のない声で、口の上下を持って無理やり嚙《か》み合わせた。

(怖《こわ》いわ……！)

魔王の側近だった気高き黒狼にこんなことができるとは、さすが勇者の子孫である。

「クライド様……それはさすがにどうかと思いますが」

ジャンヌが言葉を失い、ハンクも真顔でコクコクと頷《うなず》いている。

その時だ。黒狼の鼻が小さく動いた。

「動いたわ！」

「またしても！　鼻がピクピクッと」

まるで匂いを吸い込むように、黒狼の鼻はずっと動き続けている。

（やったわ！　やっぱり黒狼様は野菜が大好きなのね）

万歳《ばんざい》して喜ぶアシュリーに、

「アシュリー様の言ったとおり！　さすがですわ！」

ジャンヌが手放しで褒《ほ》め、

「本当っすよ。ブラッシングだの風呂《ふろ》だの、正直、なんて馬鹿《ばか》なことを言うんだと思っていましたけど。すごいですよ！」

と、ハンクが笑顔で本音をぶちまけた。

「この調子でいきましょう！　さあ、もっと匂いを嗅《か》いでもらいますよ！」

ハンクが高速で扇子を動かす。

「お料理も口に入れてみましょう」

ジャンヌが鍋に入っているカボチャスープを木べらですくい、黒狼の口に入れた。

ごくん、と黒狼の喉《のど》が小さく鳴った。

「えっ……？」

思いがけないことに、アシュリーはジャンヌたちと顔を見合わせた。今、確かに黒狼はカボチャスープを飲み込んだ。

「食べましたよ！　黒狼がカボチャスープを！」

ジャンヌが歓喜《かんき》の声を上げて、急いでもう一口、口に入れる。

けれど黒狼の喉は動かない。閉じた口からスープが流れ出た。

「黒狼様、食べてください。美味しいですよ」

アシュリーは必死に訴《うった》えた。黒狼の頰《ほお》を両手でなでながら頼み込む。

けれど黒狼はもう何の反応もしない。悲しくなり、しゅんと肩《かた》を落とす。

「いいよ。黒狼が初めて食べ物を口にしたんだ。充分《じゅうぶん》だよ」

クライドが微笑《ほほえ》んだ。なぐさめるようにアシュリーの頭をぽんぽんとなでる。なぜか今までより力がこもっているように思えて、衝撃《しょうげき》が走った。

けれど以前は脱兎《だっと》のごとく逃《に》げ出していたのだから、進歩したと言えるだろう。

(普通《ふつう》の婚約者《こんやくしゃ》のように見つめ合えたのよ。少しの間だけど……！)

だから頭をなでられるくらい、なんでもないことだ。慣れると決めたのだから。

ふるふると小さく震《ふる》えつつ、懸命《けんめい》に怖い気持ちを振《ふ》り払《はら》った。

「あんたは絶対に駄目。一枚たりともあげないわよ！」

「……なんかジャンヌさ、最近俺に厳しくない？」

「もとからよ。――アシュリー様、お味はいかがでしょう？」

「とっても美味《おい》しいです！」

満面の笑みで答えると、ジャンヌがとろけそうな顔で笑った。

その光景をクライドが楽しそうに眺《なが》めている。

やがて天窓から中庭に落ちる光が弱くなってきた。日が暮れてきたのだ。

「今日はここまでにしようか」

「はい。今日は大進歩でしたね。何せ、黒狼が初めて食べ物を口にしたんですから」

「まさか野菜好きだったとはね。驚《おどろ》きました」

ジャンヌとハンクが笑いながら皿や鍋を片付ける。

彼らはここの二階に寝泊《ねと》まりしているので、母屋《おもや》に戻《もど》るのはアシュリーとクライドの二人だけだ。

（えーと……）

普段ならクライドと一緒《いっしょ》に戻るのを避《さ》けるため、急いで厩舎を出る。けれど今日は逡巡《しゅんじゅん》していた。本音を言うと、クライドといるのはまだ落ち着かないため一人で戻りたい。けれど――。

葛藤《かっとう》しながらもその場にとどまっているアシュリーを見て、クライドが微笑んだ。

二人で並んで奥庭を歩く。やはり緊張《きんちょう》はするし、歩き方もぎこちないと自分でわかる。けれど隣《となり》を歩けている。やはり進歩だ。

一人で嬉しくなっていると、クライドが笑顔で右手を差し出した。

「手をつないでみようか」

(手をつなぐ!)

進歩したと満足していたら、次なる難関がやってきた。

手をつなぐということは触《ふ》れ合うということだ。さすがに怖気《おじけ》づいてしまう。

「アシュリーも手を出して」

クライドの口調も表情も穏《おだ》やかだけれど、引く気は全くないようだ。

(見つめ合えたんだから大丈夫《だいじょうぶ》よ。……少しの間だけど)

できたことを思い浮《う》かべて、自分を励《はげ》ます。クライドは優《やさ》しい人なのだから大丈夫。怖々《こわごわ》と左手を差し出した。

クライドの手がゆっくりと近づいてくる。

心臓がバクバク言っている。本音を言えば怖い。とても怖い。けれど手をつなぐだなんて、いわば握手《あくしゅ》だ。握手なんて初めて会った人とだってするじゃないか。

小刻みに震えながら、必死に自分に言い聞かせた。

そんなアシュリーの様子を、じっと見ていたクライドが言った。

「アシュリー、知ってた？　黒狼は左の脇腹《わきばら》にアザがあるんだ」

「本当ですか⁉」

「体を洗っていて見つけたんだ。背中の方から見るとハート形に見えるよ」

「ハートのアザ！」

なんて可愛《かわい》らしい。強くて勇猛《ゆうもう》なところとのギャップが、とてもいい。ニマニマと笑いながら思いを馳《は》せて、ふと気がついた。いつの間にか手をつながれているではないか。

骨ばった力強い手に包み込まれている。黒狼の話でアシュリーの気をそらしたのだ、とわかった。驚いて手を離《はな》そうとしたけれど、クライドが放さない。

何が何でも怖かった以前ほどではない。それでもじわじわと、違和感《いわかん》のような恐《おそ》ろしさが体に染《し》み込んでくる。

(駄目《だめ》。もう無理！)

申し訳ないけれど、とアシュリーが手を振り払うより早くクライドが素早《すばや》く放した。そして、つないだ右手をじっと見つめる。顔の前で閉じたり開いたりしながら、

「——母屋に戻ろうか。夕食に人参のポタージュを出すと、キッチンメイドが言っていたよ」

「本当ですか⁉」

自分でも単純だと思うけれど、途端《とたん》に元気が出た。

人参ポタージュを思い浮かべて小走りすると、後ろでクライドが噴《ふ》き出した。

母屋に戻ると、クライドにお客が来ているとロザリーから告げられた。

「残念です、アシュリー様。せっかく旦那《だんな》様とご一緒にお食事をしていただけると思いましたのに」

「でもあの厩舎《きゅうしゃ》で、一日中ご一緒だったんですものね。旦那様はこれまであの厩舎に、誰《だれ》もお近づけになりませんでしたから、さすが婚約者《こんやくしゃ》様ですわ。……あら、このことはあまり口に出してはいけないんでしたね。申し訳ございません」

「僭越《せんえつ》ながら、私たちはお二人が仲良くなってくださって、本当に嬉しいのです」

笑顔で告げるメイドたちに胸が痛くなる。

これほど喜んでくれているのに、事実は少し――いや、かなり違《ちが》うのだ。食前酒のアンズ酒を口に含《ふく》みながら、申し訳なく思った。

「以前の旦那様はお疲《つか》れの顔をしていることが多かったのですが、アシュリー様がいらしてからは笑顔が増えました」

「本当にそうですわ」

期待に応えるためにも早く慣れたいものだ。

蒸《む》し野菜の後は、待望の人参のポタージュである。濃《こ》い、とろりとしたスープに心が躍《おど》る。

「私、これ大好きなんです」

「そうなのですか？　ああ、それで――」

メイドたちが嬉しそうに頷《うなず》き合う。不思議に思っていると、

「実は、これは旦那様からのリクエストなのです」

「けれど旦那様の好物ではありませんので、不思議に思っていたところです。アシュリー様がお好きだから、なのですね」

「そういえばこの前、旦那様の御所望《ごしょもう》で人参ケーキを焼きましたわ。あれもアシュリー様に食べてもらいたかったから、だったのですね。納得《なっとく》がいきました」

ケーキもポタージュも、クライドがわざわざ頼《たの》んでくれたものだったのか。驚くと同時に、温かい気持ちが込み上げた。

（やっぱり優しい方なんだわ）

早く慣れよう。再び決意を固めた。

食べ終わり、食堂を出たところで、クライドに応接室へ呼ばれた。

応接室の南側にはアーチ形の掃《は》き出し窓《まど》がついていて、そこから前庭の美しい緑が広がる。大きなマホガニーのテーブルと、肘置《ひじお》きと脚《あし》に細かい金の装飾《そうしょく》が入ったソファー。部屋の隅《すみ》には音楽室とは別にグランドピアノが置いてあり、演奏ができるようになっていた。

アシュリーはクライドの向かいのソファーに座った。二人の間にあるテーブルには、布張り

の四角い箱が置いてある。

「さっきまで友人のレイター伯《はく》が来ていてね、これを明日の朝まで預かってほしいと頼まれたんだ」

(箱には何が入ってるの？)

不思議に思い、興味から身を乗り出す。クライドが笑顔《えがお》で右手を差し出した。

「その前に、夕方の続きをしよう？」

続きとは何か、なんて聞かなくてもわかる。アシュリーは一瞬《いっしゅん》だけためらい、恐る恐る左手を伸《の》ばした。

(さっきはできたんだから大丈夫よ)

改めてクライドの優しさに触れて、慣れたいと思ったのだ。覚悟《かくご》を決めて自分から手をつないだ。

指先が触れた直後、電流のようなものが体を駆《か》け抜《ぬ》けた。

(ひいいっ！)

震《ふる》えながら固まるアシュリーに、クライドが苦笑《くしょう》してそっと手を絡《から》めた。

(ひいい……)

覚悟したけれど、意外にもそれに見合うほどの怖さは感じない。一度つないだからなのか、割と平気である。

（……あれ？）

それどころか、大きな手に包まれて少し安心感さえ覚えた。慣れたいと、自分から思ったからだろうか。

（変なの）

婚約者《こんやくしゃ》なのだから、それが普通《ふつう》だけれど。

アシュリーの様子をじっと観察していたクライドが、指をそっと組み替《か》えた。普通の握手から、いわゆる恋人《こいびと》つなぎに移行しようとしている。

（ううっ……）

アシュリーは耐《た》えた。つないでしまうと平気なのだが、手の中でクライドの指が動くとどうしても意識してしまう。怖《こわ》いというか違和感《いわかん》を覚えるのだ。

「アシュリー、実はこの箱に入っているのは――」

またも気をそらそうとクライドが口を開いた時、テーブルの上の箱が突然《とつぜん》動いた。

「ひいいっ！」

驚《おどろ》き過ぎて、令嬢《れいじょう》にあるまじき奇声《きせい》を上げてしまった。同時に、つないだ手をぎゅっと握《にぎ》り締《し》める。驚いたせいもあるけれど、助けを求める気持ちもあった。

クライドもそのことに気づいたようで、ますます強く指を絡めてくる。

「開けてみなよ」

優《やさ》しい声で言われ、アシュリーは左手をつないだまま、右手で恐る恐る箱に手をかけた。近くで見ると、箱の側面には無数の小さな穴が開いている。真鍮《しんちゅう》の留め金を外すと中から白い物体が飛び出した。

「わっ！」

思わず、つないでいた手を胸の中に引きこんで、背中を丸めた。驚いた時の癖《くせ》なのだ。

(今の白いものは何!?)

怖々顔を上げると、間近にクライドの顔があった。驚いたように目を見張っている。そこでようやく手をつないだままだったと気がついた。しかもクライドの手を胸元《むなもと》に引きずり込み、押しつけていることも。

「ひああっ！」

自分の行動の思いがけない結果に混乱して、勢いよく手を放した。

「すみません！」

「いや、別に謝ることはないよ……」

クライドが視線をそらす。さすがに動揺《どうよう》したように、自身の髪《かみ》をクシャクシャと触《さわ》った。

そこへソファーの後ろに隠《かく》れていた先ほどの白いものが、ぴょんと姿を見せた。けれどそれは一瞬のことで、すぐにテーブルの下へ逃《に》げ込む。

「きゃああっ！」

（今のは何⁉）

次から次へと起こることにパニックになり、落ち着いて考えられない。

またもや体を丸めてその場にしゃがみこむアシュリーと、テーブルの下に隠れた白いものの目が合った。

（これは――！）

毛玉のようなふわふわした丸い体に、つぶらな赤い目。警戒《けいかい》するように二本の長い耳がぴんと立ち、アシュリーをじっと見つめている。

ウサギ。本物の白ウサギだ。

思いがけないものの登場に思考が固まった。けれど嫌《いや》ではない。昔の仲間に会えたような気分にもなり、懐《なつ》かしさを覚えた。

「おいで」

優しく呼びかけると、警戒していた様子の白ウサギはゆっくりと首をひねった。不思議そうな顔でにじり寄ってくる。小さな鼻をヒクヒクと動かして、アシュリーの手のひらの匂《にお》いを嗅《か》いだ。そして、そこにそっと前足をかけた。

「いい子ね」

アシュリーは両手で白ウサギを抱《だ》き上げた。ふわふわと柔《やわ》らかい頭に顔をうずめると、白ウサギがぴくんと反応した。それでも逃げることなくおとなしくしている。

どうやら仲間ではないけれど敵でもない、と判断されたようだ。ウサギではないけれど人間でもない、といったところか。まあ、アシュリーはれっきとした人間だけれど。

（知らなかった。ウサギってこんなに柔らかいんだわ）

前世で黒ウサギ同士、寒い時に体をすりつけ合ったりもしたが、自身がウサギだったせいかよくわからなかった。

満面の笑みで白ウサギを抱《だ》きしめるアシュリーに、クライドが微笑《ほほえ》んだ。

「レイター伯が飼っているウサギだよ。義理の父から夜釣《よづ》りに誘《さそ》われて、馬車で一緒《いっしょ》にツルーガ領に向かっていたところ、急に釣《つ》りから狩《か》りに変更《へんこう》しようと言われたらしい。レイター伯は結婚当時から義父には逆らえないんだ。それで近くにうちの屋敷《やしき》があることを思い出して急遽《きゅうきょ》預かってもらいにやってきた、というわけだ」

「そうだったんですか」

腕《うで》の中でふるふると震える姿が愛《いと》おしい。白ウサギの背中をそっとなでた。

不意に「アシュリー」と呼ばれた。なにげなく顔を上げると、途端《とたん》にクライドが噴《ふ》き出した。

意味がわからない。警戒しながら聞いた。

「……なんですか？」

「いや、悪い。なんだか似ているから」

やはり理解できず、戸惑《とまど》いながら抱《かか》えた白ウサギを見下ろした。

ちょうど同じタイミングで、白ウサギもアシュリーを見上げたところだった。

おそらく同じようにきょとんとした表情をしていたのだろう。クライドが堪《こら》えきれないというように、腹を抱えて笑い出した。

「……私は、ウサギではないんですが」

「レイター伯の奥方の名前はなんだと思う？」

不意に聞かれ、アシュリーは困惑《こんわく》して首を傾《かし》げた。

しかしその少し前に、白ウサギが首を横に曲げて足で頭を掻《か》いていたのだ。双方《そうほう》同じ方向に首を向けたのがツボにはまったらしく、クライドはなおも笑い続ける。

（もしかして私、からかわれているの？）

けれどクライドは、アシュリーの前世なんて知るはずがない。

（うーん）

わからない。それでも目の前でこれほど楽しそうに笑われると釈然《しゃくぜん》としない。

「明日の朝まで、私が寝室《しんしつ》で預かります」

白ウサギを抱いたまま、さっさと扉《とびら》に向かった。

「うん、頼《たの》んだよ」

後ろから笑い声混じりの声が追いかけてきた。まだ笑っている。ムッとしたアシュリーは、音を立てて応接室の扉を閉めた。

二階にある自分の寝室に着いた途端、白ウサギが部屋中をジャンプし始めた。

（さっきまでおとなしかったのに）

元々は活発な性格なのだろう。慌《あわ》てて白ウサギを捕《つか》まえて、寝床《ねどこ》を準備した。寝心地《ねごこち》がいいように、ベッドの横の床《ゆか》に大きなクッションとタオルを重ねる。

古いタオルももらってきてトイレを作る。陶器《とうき》の器《うつわ》に、新鮮《しんせん》な水も用意した。

必要なものが手に取るようにわかる。前世のおかげか。

白ウサギは知らない家にきて疲《つか》れていたのか、小さくあくびをするとすぐに寝床の上で丸くなった。

明日の朝にはお別れだ。少し寂《さび》しいけれど、白ウサギの体は丸々としていて、毛並みも綺麗《きれい》だ。きっと飼い主に大事にされているのだろう。

「おやすみなさい」

そっと声をかけて、アシュリーもベッドにもぐった。

翌朝、白ウサギを連れて一階の客用応接室へ向かうと、すでにレイター伯《はく》の姿があった。

「ああ、待っていたよ！　いい子にしていたかい？」

立派なひげを生やしたレイター伯が、満面の笑《え》みで白ウサギを抱きかかえる。白ウサギは少し迷惑《めいわく》そうに顔を背《そむ》けたけれど、逃げることはない。

一晩だけだが別れるのは寂しい。だがそれを押し殺して、

「さよなら、白ウサギさん」

アシュリーは笑顔で手を振《ふ》った。

無理をして笑うアシュリーを、クライドはじっと見つめた。

そして白ウサギを抱くレイター伯を玄関《げんかん》まで見送った。

「突然《とつぜん》預けて悪かったな。感謝するよ」

「世話したのはアシュリーだけどな」

「そうだな。アシュリー嬢《じょう》に礼は言ったが、もう一度よく言っておいてくれ。お前もウサギを飼えばいいのに。ウサギはな、見た目は儚《はかな》げだが意外に芯《しん》は強いんだぞ」

「ああ。知ってる」

「それにものすごく可愛《かわい》いんだ」

満面の笑みを浮《う》かべるレイター伯に、クライドは微笑んで言った。

「ああ。それもよく知ってるよ」


朝が来てアシュリーが厩舎《きゅうしゃ》に行くと、奥の馬房《ばぼう》でジャンヌとハンクが床掃除《そうじ》をしていた。バケツから撒《ま》いた水が、汚《よご》れと一緒に側溝《そっこう》へ流れる。

「お疲れ」

クライドがねぎらい、二人が頷《うなず》いた。なんてことはない、いつもの光景だ。ただ一つ違《ちが》うところは――。

(黒狼様《こくろう》は？　黒狼様がいらっしゃらない！)

いつも馬房の中心に寝《ね》そべっている黒狼の姿がないのだ。

もしや起きたのかと期待して辺りを見回した。けれど違った。

(いらっしゃったわ……)

黒狼は部屋の隅《すみ》っこにいた。お風呂《ふろ》に入れる時に使ったたらい、それをひっくり返した上に乗せられていた。

床に直接寝ているから、掃除するのに邪魔《じゃま》なのはわかる。黒狼のために床を綺麗にしているのもわかる。けれど、これではまるで荷物扱《あつか》いだ。

(おいたわしや、黒狼様)

魔王の側近だった頃《ころ》は、飛ぶような速さで駆け、勇敢《ゆうかん》に敵をやっつけていたのに。

「はいはい、動きますよー」

ハンクがほうきを片手に、黒狼の乗ったたらいを部屋の端《はし》から端へ押しやった。たらいの上で寝そべったまま移動していく黒狼に、アシュリーは心の内で涙《なみだ》した。

ハンクがたらいのなくなった場所を、勢いよくほうきで掃《は》く。アシュリーは気を取り直して声をかけた。

「よかったら私がやりますよ」

今までは普段着《ふだんぎ》用のドレスを着ていたけれど、そのために動きやすい格好にしてきたのだ。サテン地のシンプルなワンピースに、リネンのエプロン。

憧《あこが》れの黒狼のためなら喜んで掃除をする。

「本当っすか？」

嬉《うれ》しそうなハンクからほうきを受け取ろうとすると、横から手が伸《の》びてきた。

「服が汚れるからいいよ。俺がやる」

クライドだ。アシュリーは慌てて言った。

「でも、そのために今日は――」

「服を変えてきたんだよね。わかってるよ。でも俺がやるからいいよ。アシュリーには黒狼が目覚めるための、次の行動を考えてほしい」

そして笑顔で、

「いつものドレス姿も似合っているけど、今日のラフな格好も可愛いね」

ギョッとした。けれど前までは青ざめて逃《に》げていたのだから、やはり進歩である。

「光栄です」

自分では優雅《ゆうが》に微笑《ほほえ》んだつもりだけれど、クライドが楽しそうに噴《ふ》き出したから、成功はしなかったらしい。少し悔《くや》しくなったので、そそくさとクライドから離《はな》れた。

馬房の中央まで行き、大きく息を吐《は》く。そこでハンクがアシュリーの後をついてきていたことに気がついた。ハンクは興味深そうな顔で、

「クライド様から『可愛いよ』と言われて嬉しくないんですか？」

「……嬉しいですよ」

「言葉と表情が一致《いっち》してないっすね」

感心した口調で続ける。

「アシュリー様って変わってますね」

「……そうですか？」

「だって相手は、女性からの人気絶大、クライド様ですよ？　それなのにクライド様が近づくと、顔をしかめて逃げていきますもんね」

少し慣れたと思ったのに、周りから見るとそうでもないようだ。ちょっとショックを受けた。

「まあ見てると面白《おもしろ》いからいいんですけど。アシュリー様が来る前は、馬房内の雰囲気《ふんいき》がピリピリしてたんですよね。クライド様は黒狼が全く目覚める気配がないから焦《あせ》っていましたし。極力そういう感情を表に出さないようにしていたみたいですけど、ずっと一緒《いっしょ》にいたらわかりますよね。ジャンヌはもう表も裏も嫌《いや》な奴《やつ》だったし、俺もイライラして、喧嘩《けんか》ばかりしていました」

（そういえばここに初めてきた時、ハンクさんとジャンヌさんは口喧嘩《くちげんか》をしていたわ）

険悪な雰囲気だったことを思い出す。

「だから今は、すごく楽しいですよ」

ハンクはニッと笑い、たらいの上の黒狼に向かって「なっ？」と明るい声で聞いた。

黒狼はもちろん答えない。けれど前世では見たこともない、だらしなくだらんと寝そべる姿が、その質問を肯定《こうてい》しているように思えた――。


掃除が終わり、黒狼はたらいの上から床の定位置へ移された。ここまでされても起きない。病気や怪我《けが》をしているようには見えないが、そんなことはわからない。このまま目覚めなかったら殺されてしまうかもしれないのに。

不意に激しい不安が込み上げてきて、アシュリーは思い切って聞いた。

「クライド様が子どもの頃、黒狼様と話をしたと言いましたよね？　その時はどういう状況《じょうきょう》だったんですか？」

その時、黒狼は確かに目を覚ましたのだから。

クライドはゆっくりと天井《てんじょう》を仰《あお》ぎ、アシュリーを見て低い声で話し始めた。

「ハンクとジャンヌには教えたが、俺が七歳の頃のことだ。王室の親戚《しんせき》筋にあたるこのサージエント家に、俺はよく遊びに来ていた。王室側はあまりいい顔をしなかったけど、先代の当主には子どもがなかったからか、俺を可愛がって歓迎《かんげい》してくれたよ」

その時、黒狼はすでにこの廏舎に保護されていた。直系王族はある程度の年齢《ねんれい》になれば、そのことを教えられる。けれど幼かったクライドにはまだ知らされていなかった。

クライドは厳重な結界が張ってあるこの廏舎に、興味津々《きょうみしんしん》だった。

だが先代の当主は、絶対に中に入れなかった。

当然である。幼い王子を危険な目には遭《あ》わせられない。

「だけど俺は好奇心旺盛《こうきしんおうせい》な子どもだった。直系王族で魔力も高い。何度か前当主について廏舎の入口までついていきて、無邪気《むじゃき》な態度を演じながら結界の様子を観察した。彼が結界を張り直すところも見ていた。そしてある日、宮殿《きゅうでん》からのお付きの者たちを撒き、こっそりと結界に隙《すき》間《ま》を作った。廏舎の中に入ることに成功したんだ」

（恐《おそ》ろしい子どもだわ……！）

戦慄《せんりつ》した。アシュリーが七歳の頃なんて布団《ふとん》にくるまってごろごろしていた記憶《きおく》しかない。

まあ、それは今もあまり変わらないけれど。

アシュリーの表情をずっと観察していたクライドが、フッと口元を緩《ゆる》めた。

少しだけこわばりがとけた口調で、続ける。

「ワクワクして忍《しの》び込み、眠《ねむ》る黒狼を見つけた。驚《おどろ》いたよ。でも子どもだから、まさか王室が内緒《ないしょ》にしている魔獣《まじゅう》だなんて思いもしない。変わった狼だなと、好奇心に任せて体の毛を引っ張ったり、尻尾《しっぽ》を摑《つか》んで振《ふ》り回したりした。それでも黒狼《こくろう》は起きなかった」

クライドは眠り続ける黒狼に飽《あ》きて、馬房《ばぼう》の隅で、覚えたての魔法を使って遊び始めた。

そこへ、結界の異常を察知した前当主が現れたのだ。

黒狼のすぐそばにいるクライドに、彼は血相を変えた。

『クライド様!!』

聞いたこともない悲痛な叫《さけ》び声に、クライドは驚愕《きょうがく》した。気が動転し、そのせいで使っていた魔法が暴走した。

前当主は必死の形相で走ってきたけれど、間に合うはずもない。もし間に合ったとしても、直系王族の暴走した魔力なんて抑《おさ》えられるものではない。

「もう駄目《だめ》だ。俺は死ぬんだ。──そう覚悟《かくご》した」

その時だ。絶望しかなかったクライドは突如《とつじょ》光に包まれた。見たこともない真っ黒な光。

綺麗《きれい》だな……。そう思い、ふと我に返ると暴走した魔法はすっかり収まっていた。クライドは無事だった。無傷だった。

茫然《ぼうぜん》自失《じしつ》の態《てい》だった前当主が駆《か》け寄ってきて、号泣《ごうきゅう》しながらクライドを抱《だ》きしめた。

そして目の前には、両目を開けた黒狼が凛《りん》と立っていたのだ。

黒狼が自身の持つ魔力で、クライドを助けてくれたのだとわかった。命を救ってくれたのだと。

『ありがとう、ありがとう……！』

泣きじゃくりながら礼を言う小さな王子を、黒狼は何も言わず見つめていた。

『君は誰《だれ》？　ここで何をしているの？』

クライドの質問に、黒狼はゆっくりと首をひねり、つぶやくように言った。

『俺は魔王様の魂《たましい》の許《もと》へいきたい。だが今のままでは、ただ死ぬだけだ。その場所へは決してたどり着けない』

「――と、黒狼はそう言った」

廏舎《きゅうしゃ》の馬房内で、衝撃《しょうげき》で言葉がでないアシュリーに、クライドが静かに続ける。

「どういう意味か聞いたが、黒狼は教えてくれなかった。それからすぐにまた眠ってしまったよ。そして今に至る」

前当主はその一件を王室に報告しなかった。報告すれば、速《すみ》やかに黒狼が始末されるとわかっていたからだろう。

王室はクライドを助けたという事実より、魔力の高い危険なものであると認識《にんしき》する。

「王室が黒狼を生かしておいたのは、ひとえに『生態のよくわからない魔獣』であることが大きい。始末しようとして万が一黒狼が目覚めた時、どれだけの被《ひ》害《がい》が及《およ》ぶかわからないから。藪《やぶ》をつついて蛇《へび》を出すだけならば、このまま寿命《じゅみょう》を終えるのを待ったほうがいいと考えたんだ」

生かしておく理由はそれだけだ。

王室の中には、穏健《おんけん》派もいれば過激派の思想の持ち主もいる。この二百年、ギリギリのところで黒狼は生かされてきたのだ。

けれど黒狼に命を助けられたその時から、クライドは決めていた。もう一度黒狼を起こして、話の続きを聞こう。そしてその望みを叶《かな》えよう、と。

そのために跡継《あとつ》ぎのいないサージェント家を継ごう、とも。

勇者の子孫である直系王族が魔獣を保護する。そのことに誰もが反対した。だがクライドは押し切った。

黒狼に恩返しがしたい。その一心で――。

(そういうことだったの……)

長い昔話を聞いて、アシュリーは呆然とした。

まさか黒狼が幼いクライドの命を助けたなんて。想像もしなかった。

(だからクライド様は黒狼様を大事にしているんだわ)

魔獣は絶対に殺させない、と以前ユーリに言っていたことを思い出した。恩を返そうとしているのだ。王室を敵に回しても。

クライドの意志の強さ、その源にあるものがわかった気がした。

(黒狼様はすごいわ)

誰よりも尊敬する魔王、その人を殺した勇者の子孫なのに助けた。

（そしてクライド様も――）

命を助けられたとはいえ、王族という立場をなくしてまで、その恩を返そうとしているのだから。

黒狼を見るクライドの温かい眼差し《まなざ》し。そこにあったのは、多大な感謝と深い思いやりだったのか。

二人の関係はアシュリーが思っていたより、よほど深い。

（最初からクライド様を信頼《しんらい》してよかったんだわ……）

勇者の子孫だから黒狼を利用しようとしている、と疑っていた自分が恥《は》ずかしい。

前世の記憶があったから、アシュリーは自分のことをずっと、魔族と人間どっちつかずの存在だと思っていた。わかり合える人がいなくて寂《さび》しかった。

けれどクライドはそんな自身を受け入れ、さらにその先へ行っていたのだ。迷いも寂しさも、己《おのれ》の意志の強さに変えて。

（すごい人だわ……）

込み上げる思いが胸に充満《じゅうまん》する。

黒狼の背を優《やさ》しくなでるクライドを、アシュリーはじっと見つめた。

クライドが言う。

「あの時、異常を察知して目を覚ましたということは、今も黒狼は自分の意志で眠り続けていることになる。だから自身の気持ち一つで、きっと目を覚ますはずだよ」

ハッとした。そうだ。その通りだ。希望が見えて、アシュリーは黒狼に目をやった。

瞬間《しゅんかん》、黒狼の耳がピクピクッと動いた。

クライドが笑《え》みを浮《う》かべた。

「アシュリーのおかげで黒狼が反応してきた。こんなことは今まで一度もなかった。本当に、いい兆《きざ》しだよ」

（よし、やるわよ！）

クライドに慣れたいと思ったことは間違《まちが》いではなかった。そして黒狼の望みを叶えるのだ。

俄然《がぜん》やる気が出てきたアシュリーは、笑顔で提案した。

「次はお酒をあげましょう！　葡萄酒《ぶどう》がいいと思います」

黒狼は葡萄酒が好きだった。大好きな野菜を食べながら、浴びるように葡萄酒を飲んでいたものだ。

「葡萄酒ですか」

「さっそく母屋《おもや》のワインセラーから持ってこよう。樽《たる》で持ってきたほうがいいな」

「それと塩もお願いします」

アシュリーの言葉に、クライドが眉根《まゆね》を寄せた。

「塩を？　つまみにでもするのか？」

「いいえ。葡萄酒に混ぜるんです」

大量の塩を溶《と》かして、笑いながら飲んでいた姿を思い出す。やはり魔王《まおう》の側近は飲むものも違うと、下級魔族は畏《おそ》れつつ感心したものだ。

「なんだか辛《から》そうだな」

「体に悪そうっすね」

クライドたちは顔をしかめたが、黒狼は魔族なのだ。人間の常識で測ってはいけない。

「よし。葡萄酒の樽と、塩を持ってこよう」

「塩は多めでお願いします」

「――わかった」

クライドとハンクが運んできた樽の中身を、水飲み用の銀のボウルに注ぐ。発酵《はっこう》した葡萄の芳醇《ほうじゅん》な香《かお》りが馬房中に広がった。

「塩はどれくらい入れるんですか？」

「たくさんです」

「これくらいっすか？」

「もっとです」

「――これくらい？」

「もっともっと！」

「辛過ぎて目を覚ますかもしれませんね。でも目覚めた瞬間に、また倒《たお》れそうっす」

そんなことはない。黒狼《こくろう》はいつもこうして飲んでいたのだから。

『普段《ふだん》の食事はそうでもないのに、葡萄酒にだけはたくさん塩を入れるそうだよ』と仲間の黒ウサギが寄ってきて、身ぶり手ぶりで教えてくれたことを思い出した。

出来上がった大量の塩入り葡萄酒に、

「見た目は、普通の葡萄酒だな」

「見た目だけですけどね」

ハンクが黒狼の口を両手で開けた。おたまで紫色《むらさきいろ》の葡萄酒をすくったジャンヌが、

「はい、どうぞ」

と流し込んだ。アシュリーは息を詰《つ》めて見守った。

(黒狼様、大好きな葡萄酒ですよ。どうか飲んでください)

祈《いの》るように見つめると、ぴくりと黒狼の前足が動いた。ちょうど爪《つめ》が床《ゆか》をひっかいた感じだ。

(反応されたわ！)

期待に心臓の鼓動《こどう》が速くなる。やがて喉《のど》が小さく鳴る音が聞こえた。

クライドたちの顔が喜びに輝《かがや》く。

「飲んでる！　黒狼が飲んでるぞ！」

「嘘《うそ》みたい。もう一口どうぞ！」

注ぎ込まれた葡萄酒をゆっくりと、しかし確実に飲み込んでいく。

（黒狼様、美味《おい》しいですか？）

アシュリーは興奮して黒狼の背中に手をかけた。黒いふさふさした毛を優しくなでる。

五口ほど飲み込んだところで、黒狼の喉の動きが止まった。そして――。

「この音はなんでしょう？」

低い重低音が一定の間隔《かんかく》で聞こえる。まるで唸《うな》り声のようだ。ハッとして黒狼を見下ろすと、黒狼が声を出していた。目は閉じたままだが、小さく唸り続けている。

「――声を出した」

クライドがかすれた声でつぶやいた。端整《たんせい》な顔に喜びの色が広がる。

「初めて声を出したぞ！」

「やった。すごいっすよ！」

「きっと目覚める日も近いですね！」

黒狼を囲み、ハンクが万歳《ばんざい》をして、ジャンヌが笑う。心から嬉《うれ》しそうな様子に、アシュリーも喜びが倍増した。

「よかったな。よかったよ、黒狼」

クライドが満面の笑みで、黒狼の頭を抱《だ》きかかえた。太い首を強く抱きしめ、ふさふさの毛を何度もなでながら、よかったな、よかった、と繰《く》り返す。

心底嬉しそうな姿に心が揺《ゆ》さぶられる。そして思った。

（もし私なら、ここまでできるかしら？）

国を引っ張る王族という立場で、国の敵である魔獣《まじゅう》をここまで強く守れるだろうか。家族や王室関係者たちに反対されても、魔獣の望みを叶《かな》えるために行動できるだろうか。

（本当にすごい人よね……）

この人がいてくれてよかった。

黒狼を保護する、このサージェント家に。そして王族に――。


その夜、アシュリーはいつものように寝室《しんしつ》のベッドの上で丸くなり、毛布にくるまった。

（ああ、落ち着くわ）

黒狼の近くにいるのも大好きだけれど、薄暗《うすぐら》い部屋で、頭から足先まですっぽりと毛布にくるまるのは至福の時である。母や妹には呆《あき》れられたけれど、これ以上の幸せなんてないと思う。

幸福にまどろんでいると、断続的に何かを叩《たた》く音がした。

「アシュリー様？　いらっしゃいませんか？」

ロザリーの声だ。アシュリーは反射的に毛布から這《は》い出た。

衣服やタオルを抱《かか》えたロザリーが、扉《とびら》の前で目を丸くした。洗濯《せんたく》してアイロンをかけ終えた衣服などを持ってきてくれたのだ。

「いらっしゃったんですね。申し訳ありません。何度もノックしたのですがお返事がなく、扉が少し開いておりましたので、洗濯物だけ置いていこうと思ったんです」

申し訳なさそうに頭を下げるロザリーに、アシュリーもまた恐縮《きようしゆく》してベッドの上で首をすくめた。

断続的に聞こえたのは、ノックの音だったのか。頭まで毛布にくるまっていたのでちっとも気づかなかった。

「こっちこそごめんなさい。ちょっと、その、休憩《きゆうけい》をしていたもので――」

薄暗くて狭《せま》くて静かな最高の場所を堪能《たんのう》していた、とは言いにくい。語尾《ごび》があやふやになるアシュリーに、ロザリーが落ち着いた笑みを返した。

「わかっております。アシュリー様はそういった場所がお好きですものね」

(ばれているわ……)

実家のウォルレット家ならいざ知らず、サージェント家のメイドにまで生態がばれている。なぜなのか、と遠くを見た。

ロザリーは手にした衣類を手早く仕舞《しま》うと、

「それでは失礼いたします。ゆっくりお休みになってください」

「まだ！　まだ寝《ね》ません。ちょっと休憩をしていただけなんです……！」

こんな時間に眠《ねむ》るのは幼児くらいである。ごろごろするのは大好きだけれど、いつもごろごろしていると思われたら困る。動いている時だって多分にあるのだ。

ベッドの上から必死に訴《うった》えた。

「はい。ちゃんとわかっておりますよ」

扉の前で振《ふ》り返ったロザリーが微笑《ほほえ》んだ。そして、

「最近廏舎《きゅうしゃ》にこもりっきりで疲《つか》れておいででしょうから、どうぞ体を休めてください」

（なるほど！　そうよね）

ごろごろする大義名分を手に入れたアシュリーは、ロザリーが出て行くのを見送りながら再び毛布にくるまった。

（やっぱり最高だわ）

ぬくぬくとまどろんでいると、すぐにまたノックの音がした。

ロザリーだろう。洗濯物の追加分だろうか。けれど大義名分があるアシュリーは気楽に、

「どうぞー」

と毛布の中からくぐもった声を上げた。

扉が開く音がして、絨毯《じゅうたん》を踏《ふ》む足音がかすかに聞こえた。てっきりクローゼットに向かうと思いきや、突然《とつぜん》顔の前の毛布がめくられて驚《おどろ》く。

「何してるの？」

固まるアシュリーの視界に、クライドの端整な顔が映った。緑色の目が優《やさ》しい光を帯びているものの、明らかに口調は笑っている。

「……何もしていません」

ロザリーではなかったのか。狼狽《ろうばい》しつつ、自分のうかつさを悔《く》やんだ。

黒狼を助けたい理由を聞いた今では、信頼《しんらい》していいとわかっている。クライドがいてくれてよかった、とさえ思った。ただ――。

（クライド様って、たまに意地悪にならない？）

「なんでしょうか？」

ちょっと悔《くや》しくなったので、ぶっきらぼうに聞いた。

クライドは全く気にしていない様子で、

「これを頼《たの》まれたから」

と右手で毛布の端《はし》をつかんだまま、左手に持ったハンカチを見せた。レースの縁取《ふちど》りがついていて、小さくライラックの花の刺繍《ししゅう》がされている。アシュリーのものだ。

「さっき廊下《ろうか》でロザリーとすれ違《ちが》ってね。これをアシュリーに渡《わた》し忘れたと言っていたから、じゃあ俺が代わりに行くよ、と言って受け取ったんだ」

そこでロザリーは、アシュリーが幸せそうに毛布にくるまっている、とでも伝えたのだろう。

面白《おもしろ》そうに観察するクライドにモヤモヤする。けれど、わざわざハンカチを届けてくれたのは事実である。

「ありがとうございます……」

渋々《しぶしぶ》礼を言い、隙《すき》を見て素早《すばや》く行動した。すなわち、めくられた毛布を引き上げにかかったのだ。

ここはアシュリーの、いわば聖域である。薄暗くて狭くて静かな場所。落ち着く場所だ。きっとそこに不用意に侵入《しんにゅう》されたから、このような落ち着かない気持ちになるのだ。

手を伸《の》ばし、ありったけの力を込めて毛布の端を引っ張った。

ところが毛布はちっとも動かない。クライドが阻止《そし》しているからである。

「……放してもらえませんか？」

がっちりと摑《つか》んだ毛布の端《はじ》っこを。クライドはそれには答えず、

「こんな薄暗いところで何をしているの？」

「……特に何もしていません」

「そう？　なんだか巣穴みたいだね。ウサギの巣穴」

「そっ、そんなわけありません！」

「こういう薄暗くて狭くて静かなところで、ごろごろするのが好きなんだ？」

「別にそういうわけでは――」

「本当に？」

（ほら、やっぱり！）

からかっているだけなのだ。ムッとしたので、もう一度思いきり毛布の端を引き上げた。

今度はクライドの隙をついたつもりである。それなのに、やはり毛布は動かない。

恨《うら》めしくすらなった。眉根《まゆね》を寄せて毛布の中から見上げると、興味深そうに笑うクライドと目が合った。

「いい加減に放し――」

その瞬間《しゅんかん》、毛布がするりと上がり、元のようにアシュリーに覆《おお》いかぶさった。クライドが手を離《はな》したのだ、と薄闇《うすやみ》に包まれた視界の中でわかった。

やった、という喜びの中に疑念が入り混じった。あれほど楽しんでいた様子だったのに、どうして突然アシュリーの言うとおりにしたのか。

そして悔しいことに、アシュリーの願いどおり毛布が上がったせいで、クライドがまだそこにいるのかどうか確かめるすべがなくなってしまった。

（もう用はなくなったんだから、寝室《しんしつ》を出ていったはずよ）

自分に言い聞かせる。シェルターのごとく毛布の四隅《よすみ》を摑んで、じっと耳を澄《す》ました。

なんの物音もしないので再び目を閉じた。――けれど。

（とても眠れないわ！）

気になって仕方ない。ああ、もう。ここは自分の落ち着く場所、いわば聖域なのに。ちっとも落ち着かないじゃないか。

先ほどクライドがめくったところとは違う部分を、ほんの少しだけ指で上げてみた。毛布からそっと覗《のぞ》くと、薄暗い壁《かべ》とベッドの横に置いてある椅子《いす》の脚《あし》が見えた。そしてそこに座る二本の人間の足も。

（やっぱり、まだいるじゃないの）

どれだけ人をからかえば気が済むのだ。

見つからないように細心の注意を払《はら》い、さらに少しだけ毛布を引き上げた。すると椅子に足を組んで腰《こし》かける、クライドの胸元《むなもと》まで見えた。

（目が合ったら大変よ）

警戒《けいかい》しながら続ける。

クライドが膝《ひざ》の上で頰杖《ほおづえ》をつくために、少し上体を落とした。そのため、少しだけ開いた毛布の端から、クライドの顔が見えた。

（……えっ？）

てっきり面白そうに笑っているのかと思いきや、違った。

扉《とびら》は開いているけれど廊下は暗い。そして室内の明かりもついていない。唯一《ゆいいつ》の光源と言えば、ベッドの向こうにある窓の外の月明かりだけだ。

だからアシュリーからはクライドの表情が見えても、クライドからは逆光になっていて、毛布の中から覗く紫色《むらさきいろ》の両目は見えないだろう。

アシュリーが自分を見ていると思っていないクライドは、素《す》の顔をしていた。

頬杖をついて、山になった毛布を見つめる端整《たんせい》な顔には、幸せそうな笑《え》みが浮《う》かんでいる。

とても愛《いと》おしいものを目の前にした時に見せる、柔《やわ》らかくて温かい笑みが——。

いつもの、アシュリーの反応に面白そうに笑う表情とも、綺麗《きれい》な優しい笑みとも違う。

心臓が早鐘《はやがね》を打つ。驚きや嬉《うれ》しさとは違う、もっと切なくて体を突《つ》き上げるような感情が、胸いっぱいに広がり落ち着かない。

アシュリーは唇《くちびる》を噛《か》み、そっと毛布の中に戻《もど》った。暗闇の中で息をひそめながら、心臓の鼓《こ》動《どう》が治まるのを待った。

(何、これ……)

理解できない自分の感情を持て余し、アシュリーは毛布の中でギュッと目を閉じた。

〈四〉婚約者に慣れるにはII

朝から快晴である。アシュリーは朝食を終えると厩舎《きゅうしゃ》へ向かった。少し躊躇《ちゅうちょ》してから、ためらいがちに正面扉《とびら》を叩《たた》く。

「おはよう」

と、いつものように中から扉が開いてクライドが顔を出した。

「おはようございます……」

昨夜のクライドの顔がちらつき、そわそわしてしまう。

そんな気持ちを隠《かく》すように、そそくさと中へ入った。

中庭の洗い場では、ジャンヌとハンクがたらいやブラシなどを洗っていた。

「ちょっと、そこ、まだ汚《よご》れてるわよ。ああっ、そこも！」

「うるさいなあ。本当にいちいち細かいよな。――知ってるけど」

「あんたが大雑把《おおざっぱ》過ぎるんでしょう。――私も知ってるわ。私はね、綺麗好きなの。掃除《そうじ》が大好きなのよ！」

「それも知ってる。なあ、そういえばさ、キッチンメイドのサリーナって子、いるじゃん？

俺が食堂へいくと、あの子、毎食大盛りにしてくれるんだよね。ひょっとして俺に気があるのかな？」

「残念だけど、私にも毎食大盛りにしてくれるわ」

「えー！　俺だけ特別扱《あつか》いじゃなかったのかよ！」

「残念だけど、その他大勢扱いね」

（なんだか前に、こんな光景を見たことがある気がするわ）

その時の二人は、こんなふうに屈託《くったく》なく笑い合ってはいなかったけれど。

思い出すアシュリーの隣《となり》で、クライドが微笑《ほほえ》んだ。

「あら、アシュリー様、おはようございます！　今日もいいお天気ですね」

「聞いてくださいよ、クライド様！　キッチンメイドのサリーナちゃんは俺に気がない、という事実が判明したんです。ショックですよ！」

「ああ、聞いていた。ただの、お前の気のせいだったんだろう？」

「……もうちょっと、言いようってものがあるんじゃないですかね」

天窓から朝の柔らかい日差しが下りる中、ハンクがぼやき、クライドとジャンヌが笑った。

アシュリーはジャンヌたちと一緒《いっしょ》に、洗い終えたたらいやブラシを干した。そして奥の馬房《ばぼう》へ向かった。

ランタンの明かりの下、眠《ねむ》る黒狼《こくろう》を見てアシュリーは今朝思いついたことを張り切って口にした。

「次の作戦ですが、おしゃれにするといいと思います」

「はっ？」

穏《おだ》やかな笑みを浮かべていた三人が、一様にぽかんとした。

「——誰《だれ》を？」

「もちろん黒狼様を、です」

黒狼は着《き》飾《かざ》るのも好きだった。頭によくクジャクの羽や花をつけていたし、バナナの葉を編んだものを腰に巻いていたこともある。勇猛《ゆうもう》な外見とは違《ちが》い、とてもおしゃれだったのだ。

突拍子《とっぴょうし》もない提案に、クライドはさすがに天井《てんじょう》を仰《あお》いだ。けれど今までのことを思い出したのか、

「——よし、やろう」

きっぱりと言った。

「いいっすね」

ハンクはもとよりノリがいいし、

「やりましょう。おしゃれ」

今や、ジャンヌは反対などしない。

かくして『黒狼おしゃれ作戦』は始まった。

「黒のマントが似合いそうだな。アクセントにパールの飾《かざ》りをつけてもいいかもしれない」

クライドが提案した。

「やっぱり、男のおしゃれと言えば帽子《ぼうし》でしょう。トップハット的な。フェルト生地《きじ》がいいっすね」

ハンクがのる。

「編み上げの靴下《くつした》はどうです？　おしゃれは足元からですよ。黒狼の場合は四つ必要ですよね」

ジャンヌも頷《うなず》いた。

(皆《みな》さん、素晴《すば》らしいわ！)

アシュリーは感嘆《かんたん》した。これなら、おしゃれな黒狼も満足してくれるはずである。

さっそくハウスメイドに頼《たの》みに行くことにして、ジャンヌが聞いた。

「まずハウスメイド長に話をしたほうがいいですよね？　ロザリーさん、でしたっけ？」

「あの優《やさ》しそうな人だろ？　怒《おこ》ると、すげー怖《こわ》いらしいけど。今どこにいるんだろ？　母屋《おもや》で聞いてみるわ」

「ああ、待って。私も一緒にいくわ。あんたを一人で行かせると、また何かで勘違《かんちが》いしそうだから」

「だからサリーナちゃんは、俺の飯を毎食大盛りにしてくれたんだって！」

「はいはい、そうね。——ということで、クライド様にアシュリー様、私たちは先に行っていますね」

ジャンヌが、まだぶつぶつ言っているハンクを連れて、厩舎を出て行った。

アシュリーはクライドと、ゆっくり母屋へ向かうことにした。

厩舎を出て奥庭を抜《ぬ》ける。途中《とちゅう》に広い放牧場があり、その中には本物の馬がいるもう一つの厩舎がある。

馬のいななきを耳にしながら、これが普通《ふつう》の厩舎なのよね、と考えていたら、

「アシュリー」

隣を見上げると、クライドがにっこりと確信的な笑みを浮かべていた。その表情と雰囲気《ふんいき》から、例の『慣れよう作戦』の続きだとわかった。

嫌《いや》だな、と瞬間的《しゅんかんてき》に思った。けれどそれは恐怖《きょうふ》からの『嫌』ではなく、落ち着かないというか、そわそわしてしまうほうの『嫌』だとわかっている。

(いやいや、駄目《だめ》よ)

そんなことを言っている場合ではない。慣れる、と自分で決めたのだから。アシュリーはクライドを見上げた。

「次はどうしますか?」

「やる気だね」

クライドは目を見張り、楽しそうに両手を差し出した。

（これは――）

「両手つなぎですか？」

「違うよ。ハグ」

（ハグ！）

難易度が高い。何しろ最初にここへきた時、後ろからハグされて死ぬほどの恐怖を味わったのだ。

（大丈夫《だいじょうぶ》。もう昔の私ではないわ。今の私は進歩したんだから）

自分に言い聞かせ、両手を広げて一歩を踏《ふ》み出した。


（なんだかおかしい）

両手を広げてこちらへ向かってくるアシュリーを見て、クライドは思った。

歩き方がぎこちないし、手の出し方もまるで何かを抱《かか》えているようだ。そこに婚約者同士の甘さは一切《いっさい》ない。それでも――。

（どうして、これほど癒《いや》されるんだろう）

見ているだけで疲《つか》れが吹《ふ》き飛ぶ。暗く重苦しい気持ちを忘れて、笑っている自分に気がつく。

あれほど張り詰《つ》めて疲れていた日々が嘘《うそ》のようだ。

『黒狼を大事に思う味方』——ユーリがここへ来た日、アシュリーが言ったことを思い出した。孤独《こどく》だった自分に初めて味方ができた。誰もが反対したクライドの行為《こうい》を、誇《ほこ》らしい、とまで言ってくれた。

(こんな人がいたなんて……)

なぜアシュリーがここまで黒狼を思うのかはわからない。「黒狼様」と呼ぶし、対する態度はまるで憧《あこが》れの人にするものだ。

(ウォルレット家の祖先が黒狼と関《かか》わりがあった、とか?)

二百年前にトルファ王室が見つけた黒狼。それより前にアシュリーの祖先が黒狼と出会い、その時のことが代々伝えられている。だからアシュリーが知っていた——。

荒唐無稽《こうとうむけい》な考えだと思うけれど、他《ほか》にそれらしきことは思いつかない。

だがウォルレット家に使いを出しても、家族は何も知らなかった。

(わからないな)

いくら考えてもわからない。けれどアシュリーが黒狼を助けようとする思いは本物だ。今はそれでいいのではないか。

『私、クライド様に慣れようと思います——』

その言葉どおり、そろそろとアシュリーが近づいてくる。

あの言葉は本当に嬉《うれ》しかった。

これ以上怖がらせたくはないから、クライドはじっと待った。元々隣《となり》にいたのでそれほど距離《きょり》はない。アシュリーの寄ってくる速さが亀《かめ》の歩みなのだ。

必死な様子が見て取れる。その必死さすら可愛《かわい》い、と思ってしまう自分に驚《おどろ》くばかりだ。

アシュリーがおずおずと手を伸《の》ばしてくる。

「……」

本当はすぐにでも抱《だ》きしめてしまいたいけれど、じっと我慢《がまん》した。

アシュリーの髪《かみ》の先がクライドの胸元《むなもと》に触《ふ》れる。ああ、もう駄目だ。クライドは手を伸ばした。

それでもなお全力で自分を抑《おさ》え、ゆっくりとアシュリーの背中と腰《こし》に腕《うで》を回す。そのまま引き寄せると、柔《やわ》らかい体が腕の中でかすかに震《ふる》えた。

きつく抱き締《し》めたいのを必死でこらえて、軽く抱き寄せたままにする。腕の中でアシュリーは落ち着かなそうに軽く身じろぎしたが、逃《に》げようとする気配はない。そのことに幸せを感じて、クライドはその肩《かた》をもう少しだけ引き寄せた。

クライドの腕の中で、アシュリーはじっとしていた。そわそわしてしまうけれど怖くはない。嫌でもない。むしろクライドの腕の中は温かくて心地《ここち》いいとさえ感じてしまい、そんな自分に驚いた。

(最初の頃《ころ》とは大違いだわ……)

肩に乗ったクライドの顎《あご》がかすかに動いた。笑ったのだ、とわかった。幸せそうに微笑《ほほえ》んだのだと。

戸惑《とまど》いを伴《ともな》う熱い気持ちが込み上げて、アシュリーはギュッと目を閉じた。

その時、風に乗ってかすかな人の話し声が聞こえてきた。放牧場の中、アシュリーたちから少し離《はな》れたところにある、広い納屋《なや》からだ。馬丁たちが中で作業をしている。

アシュリーは慌《あわ》てて目を開けて離れようとした。もしこんなところを見られたら、恥《は》ずかしさでどうにかなってしまう。

ところがクライドが抱きしめたまま放さないので、動けない。

「離れないと！　放してください！」

「えー、放したくないんだけど」

なんてことを笑顔《えがお》で言うんだ。

「放してください！」

必死に訴《うった》えると、クライドはもう一度だけ強く抱きしめて、名残惜《なごりお》しそうに腕を解いた。

そこへ、

「ああ、お二人ともいた！　ロザリーさんは洗濯室《せんたく》にいるそうですよー！」

母屋《おもや》の裏口から走ってきたハンクに、

「今、行きます！」

アシュリーは摑《つか》めない感情を振《ふ》り払《はら》うように駆《か》け出した。

母屋の一階にある洗濯室の前で、ジャンヌが待っていた。揃《そろ》って中へ入る。

「あら、アシュリー様に旦那《だんな》様、魔術師《まじゅつし》様たちもお揃いで。どうなさったんです？」

ロザリーが笑顔を向けた。いつもの優《やさ》しい笑みに、心が落ち着く。

「悪いが、急ぎで、帽子《ぼうし》とマントと靴下《くつした》を仕立ててほしいんだ」

「承知いたしました。旦那様のものですか？」

「まあ、そうかな」

ロザリーは一瞬変な顔をしたが、すぐに笑顔に戻《もど》った。

「どういったデザインのものにされますか？」

「マントは黒で、パールか何かあしらってほしい。あと短くていい。そうだな。俺の肩から背中の中ほどくらいまででいい」

「……さすがに短くありませんか？　まるで幼い子どものように見えてしまいますよ」

「いいんだ。ちょっと童心に返ってみようと思ってね」

明らかに短いマントに、ロザリーがいぶかしげに首を傾《かし》げる。構わずハンクが続いた。

「帽子はフェルト生地《きじ》で、トップハットみたいな形のものがいいっすね。男らしくて格好いいやつでお願いします」

「わかりました」

「あと、側面に穴を二つ開けてください。耳を出さないと邪魔《じゃま》なんで」

「……耳を出す？　トップハットからですか？」

「そうっす。結構耳がでかいんですよね」

「……普通《ふつう》ではありませんか？」

納得《なっとく》できない顔で、クライドの耳に視線をやるロザリー。

気にせず、ジャンヌも頼《たの》む。

「靴下もお願いします。編み上げ風でシックなものがいいかと。紐《ひも》がついていれば履《は》かせやすいですし。あっ、二足お願いします。つまり四つですね」

「履き替《か》え用ですか？　それでしたら、少し違《ちが》うデザインのものがよろしいのでは？」

「同じにしてください。前足と後ろ足でデザインが違うと違和感《いわかん》がありますから」

「……前足と後ろ足？」

ついに頭を抱えてしまったロザリーだが、しばらくして、

「――わかりました。ハウスメイド全員で、急ぎでお作りいたします」

「頼むね。ちょっと変わった注文で悪いけど」

「構いません。そろそろ、いつもの服を仕立てるのに飽《あ》きてきたところでしたから」

（素晴《すば》らしいわ、ロザリーさん！）

にっこりと鷹揚《おうよう》に笑う姿は、まさにハウスメイドの鑑《かがみ》である。

再び揃って厩舎《きゅうしゃ》へ戻る途中《とちゅう》、アシュリーは思いついた。

「鏡をもっていきましょう！　姿見がいいですよね。マントや帽子が完成して、黒狼《こくろう》様が目覚めたら、すぐに自分の姿を見られるように」

「いいっすね。さっそく調達しにいきましょう」

「衣装《いしょう》室に大きなものがあったはずですよ」

アシュリーはハンクとジャンヌと一緒《いっしょ》に、回れ右をして衣装室へ走った。

クライドは一人で厩舎に戻った。冷静になってみれば黒狼を着飾《きかざ》らせるなんて有り得ないのに、意外に楽しんでしまった。

黒狼の前にあぐらをかき、腿《もも》に肘《ひじ》を乗せて頬杖《ほおづえ》をつく。目の前で眠《ねむ》る黒狼を見つめた。

（いつ目覚めるのだろう）

六百年も生きているのだ。いくら上級魔族といえどそろそろ寿命《じゅみょう》が尽《つ》きそうなことは、痩《や》せ細った体やあばら骨の浮《う》いた腹からも見て取れる。

(間に合うだろうか?)

命が尽きる前に目覚めてもらわないといけないのに。不安になる心を押し込めて立ち上がった。腕を伸ばしながら後ろを向いた瞬間《しゅんかん》、気配がした。

まさか、と思った。本当にまさかだ。

素早《すばや》く振り向くと、目が合った。黒い体に、同じ漆黒《しっこく》の目。

射るような鋭《するど》い視線は、まっすぐクライドを見つめている。痩せ細った体で、それでも四本の足でしっかりと床《ゆか》を踏《ふ》みしめる姿は、まさに孤高《ここう》だ。

クライドは小さく息を呑《の》み、そして万感《ばんかん》の思いを込めて笑いかけた。

「やあ。久しぶり」

やっと目覚めてくれた。やっとだ——。

身じろぎもせず立っていた黒狼が口を開いた。

『お前、あの時の王族の子どもだな。クライドといったか』

魔獣《まじゅう》はこうして心の中に直接語りかけてくる、と思い出した。

「ああ、そうだよ」

黒狼が小さく頷《うなず》いた。

『大きくなったな』

苦笑《くしょう》した。まるで年上の知り合いのようなことを言う。確かに何百歳も上だけれど。

質問したいことがあり過ぎて気が逸《はや》る。が、まず何より気になっていることを聞いた。

「体は大丈夫《だいじょうぶ》なのか？」

『なんとかな』

「水を持ってくるよ。食べ物は何がいい？」

『何もいらない』

何も？　いぶかしげに黒狼を見ると、

『寿命はとっくに尽きている。いくら魔族でも六百年は生きられない。それでもこうして生きながらえているのは、ずっと眠っていたからだ』

必要最低限の体力で、なんとか生き延びていたということか。

では今の目覚めた状態は、逆に寿命を縮めているのだ。そのことに気づいて愕然《がくぜん》とした。

クライドが思っていたより事態は切迫《せっぱく》している。早く先へ進めないといけない。

「十四年前、俺を助けてくれた時にお前が言ったこと、その詳《くわ》しい意味を知りたい」

魔王の魂《たましい》の許《もと》へいきたい。だが今のままでは、ただ死ぬだけだ。その場所へは決してたどり着けない——という言葉の意味を。

クライドは黒狼を見つめた。昔はとても大きく見えたけれど、今はそうでもない。

黒狼は黙《だま》っていたが、クライドの覚悟《かくご》を悟《さと》ったのか、やがて諦《あきら》めたように口を開いた。

『――生前の魔王様から聞いたことがある。死後も魔王様と共にありたいなら、自身の命を終える時にある場所に行かないといけない、と。その場所で死ねば魔王様の魂が導いてくれる、とも。だが俺の今の魔力では、とてもそこまでたどり着けない』

「そこは俺が力添《ちからぞ》えする。腐《くさ》っても勇者の子孫だ」

クライドは勢い込んで言った。

けれど黒狼の顔つきは晴れない。

『――問題はその場所なんだ。自分の命が尽きる時に行かないといけない場所。それは魔王様がお生まれになった場所なのだ。魔国の領土内だったどこかだが、俺にはその場所がどうしても思い出せない』

「思い出せないって、どうしてだ？」

声に悲痛な響《ひび》きがこもる。

『……六百年前のトルファ国との戦いで、俺は体中に傷を負った――』

それでも黒狼は気力を振り絞《しぼ》って戦ったが、最終的に頭に矢を受けて昏倒《こんとう》した。

一命は取り留めたものの、目覚めると山中で一頭きり。仲間の魔族の姿はどこにもなかった。

そして――。

『その頭の傷が原因なのか、魔国時代の記憶《きおく》もあやふやなところがある。何より魔王様に教えていただいた場所が、どれだけ考えてもどうしてもわからないんだ。頭にもやがかかったようで思い出せない……。だが、それも当たり前かもしれない。魔王様も仲間も守れなかった。大事な時に矢を受けたくらいで昏倒して、何の役にも立たなかった。こんな俺に、魔王様の許へ行く資格はない……』

黒い顔が力なくうなだれた。

（そうだったのか……）

クライドは黒狼が自分の意志で眠り続けていた意味を知った。自責の念からだったのだ。

（魔王が生まれた場所？）

そんなことクライドも知らない。というより、知る者など存在しないだろう。

（なんてことだ……）

ようやく灯《とも》った希望の光が、見る間に消えていくような気がした。

せっかく黒狼が目覚めたというのに、このまますみす死なせてしまうなら、サージェント家を継《つ》いだ意味もない。何より――。

「誰《だれ》か知っている者はいないのか？　もしくは文献《ぶんけん》か何かに――！」

やっとの思いで口にするも、そんなものあるはずがないと頭の片隅《かたすみ》でわかっていた。

黒狼も承知したように、

『魔族なら大抵《たいてい》の者は知っていたはずだ。だが俺以外、みな死に絶えた。それに魔族には明確な文字なんてものはない。全《すべ》て口伝えだ。だから文献なんてものも残っていない』

「そんな……」

クライドは頭を抱《かか》えてその場に座り込んだ。黒狼を起こせたら、それで大丈夫なのだと思っていた。後は黒狼自身の口から詳細《しょうさい》を聞けばいい、と。

お笑い種《ぐさ》だ。気楽に考えていた自分に吐《は》き気すらする。

全身から力が抜《ぬ》けた。今までも自分の非力さを悔《くや》しく思ったことは数えきれない。けれど今、それを一番痛感していた。

体の中に重いものを詰《つ》め込まれたような気分だ。込み上げてくるのは——絶望でしかない。

「——ごめん」

俺には恩返しなんてできないんだ。

クライドはかすれた声で呻《うめ》いた。

ごめん、と言ったまま動かないクライドを、黒狼は見つめた。

(悪いな)

心からそう思う。黒狼は長い間眠っていたけれど、その間ずっと意識がなかったわけではない。体は寝《ね》ていても、意識はたまに覚醒《かくせい》していた。

だから今から十四年前、魔力の暴走でクライドが死にかけた時も、すぐに目覚めて助けることができた。

黒狼《こくろう》は魔族だが、今さら勇者の子孫に復讐《ふくしゅう》したいなどとは考えていない。もちろん昏倒から目覚めて、魔王が命を落としたとわかった時はそう思ったけれど、今は違《ちが》う。

元々、魔国が他の国へ侵略《しんりゃく》するのをよく思っていなかったこともあるし、魔王が死ぬ時に、勇者が苦しませず一思いに心臓を貫《つらぬ》いたこともある。

それに二百年前、黒狼はトルファの王子に命を助けられた。さまよっていた北の山中で王子一行に見つかった時、死を覚悟した。だが王子は黒狼を殺さなかった。

彼が何を思ってのことかは知らない。ただトルファ国のために利用する気だったのかもしれないけれど、それでも命を助けられたことは事実だ。

だからあの時クライドを助けたのは、その行為《こうい》に報いるためだった。

クライドの金の髪《かみ》と緑色の目、そして端整《たんせい》な顔立ちは、あの時の王子を彷彿《ほうふつ》とさせたから。

サージェント家の厩舎《きゅうしゃ》で保護され、孤独《こどく》に眠《ねむ》り続けながら、黒狼は自身の寿命がもうすぐ尽きることもわかっていた。

だから必死で、魔王が生まれた場所を思い出そうとした。唯一《ゆいいつ》安らげる場所へどんなことをしても行きたかった。

けれど、どうしても思い出せない。

そんなことも思い出せない自分は、魔王の魂の許へ行く資格なんてないのだ。

心の中で悲痛な叫《さけ》び声を上げ、そのたびに自分を責めた。

そんな情けない自分は、このままここ――勇者の子孫が造った国で、ひっそりと孤独に命を終えるのがお似合いなのだろう。

他《ほか》に魔族《まぞく》の生き残りがいれば、その場所を教えてもらえるのに。心からそう思った。

だがそれは無理だと知っている。魔族は自分を残して死に絶えたのだから――。

この厩舎にきて二百年、黒狼の周囲は驚《おどろ》くほど静かだった。

たまに、ふとした拍子《ひょうし》に覚醒するも、いつも静寂《せいじゃく》に満ちていた。大抵は誰もいない。いたとしても、ここの当主が適当に掃除《そうじ》をしていたり、黒狼の様子を遠くからうかがっていただけだ。トルファ国の者たちにとって、自分の存在はただの面倒《めんどう》で厄介《やっかい》ごとでしかない、とちゃんと認識《にんしき》していた。

黒狼に生きていてほしいと願う者は一人もいない。

とても孤独で寂《さび》しかった。だが一番大事なことを覚えていないのだから、そんな扱《あつか》いも当然なのだ。

黒狼の周りが少しだけ騒《さわ》がしくなったのは、今から四年前のことだ。クライドがサージェント家を継ぎ、二人の魔術師がやってきた頃《ころ》からだ。

クライドたちは、なんとか黒狼を起こそうと様々なことをした。トルファ国だけでなく他国の覚醒魔法や起床魔法を試《ため》された。苦かったり甘かったりする薬を口に入れられたり、毛をかき分けて薬剤《やくざい》を塗《ぬ》られたりもした。

「頼《たの》む。起きてくれ。頼むよ」

クライドは必死に頼んだ。

それから四年の間に、焦《じ》れたような声は悲壮《ひそう》なものに変わっていった——。

一度、あの時の状況《じょうきょう》を再現しようとしたのだろう。クライドが一人きりで黒狼の横に立ち、さらに強力な結界を発動させ、すべての魔力を発散させたこともある。

それでも黒狼は動かなかった。クライドが恩返しのために行っているとわかっていた。だからこそ黒狼が目を覚ましても、どうにもできない。それなら期待を持たせるだけ酷《こく》というものだ。

歴代の当主たちより、よほど尽《つ》くしてくれた。

邪魔者《じゃまもの》として放《ほう》っておかれた今までとは違い、こまめに体を洗ってくれたし、爪《つめ》も切ってくれた。寒い時にはボイラーを焚《た》き、暑い時には氷水に足をひたしてくれた。

それでも全く進展のない状況に、三人とも疲《つか》れてきたのだろう。

魔術師たちはよく口喧嘩《くちげんか》をするようになり、クライドの顔は疲れていった。不穏《ふおん》で暗く、重い雰囲気《ふんいき》が立ち込めていたように思う。

それが一変したのは、つい最近のことだ。クライドを苦手にしているのか、不用意に近づかれてはふるふると震《ふる》えていた。その様は小動物のようで、下級魔族を彷彿とさせた。

ふんわりとした黒髪《くろかみ》の、小柄《こがら》な女性が来てからだ。

しかし、

「そうですね。全身をブラッシングしてみるとか?」

そんなことを言いだして驚愕《きょうがく》した。しかもさっそく黒狼の横に座り込み、嬉々《きき》としてブラシをかけだしたのだから。

魔術師たちも加わり、体中を念入りにとかれて久しぶりにとても気持ちがよかった。魔国時代、黒ゴリラにブラッシングしてもらったことを思い出し、かすかに腹を動かしてしまった。

幸い彼女以外は気づいていなかったけれど。

(この女、何者だ?)

正体を見極《みきわ》めようと意識を集中したけれど、人間の匂《にお》いしかしない。そうだよな、と拍子抜《ひょうしぬ》けしてまた眠った。

そうしたら風呂《ふろ》に入れられた。驚いて、再び意識を取り戻《もど》した。

黒狼は風呂が大好きなのだ。温かい湯につかるのは至福である。後頭部に優《やさ》しく湯をかけられて、本当にとろけるような気持ちだった。思わず耳がぴくぴくと動いてしまったほどに。

いい気持ちでいたら男魔術師が顔に湯をかけてきたが、まあいい。

さらに野菜料理ときた。なぜ黒狼が野菜を好きだと知っているのか。

美味《おい》しいポトフに、濃厚《のうこう》なカボチャスープ、いい匂いのする炒《いた》め物。これまでも冷たい生肉は口に入れられたことがあったが、こんな芳醇《ほうじゅん》な香《かお》りを嗅《か》いだのは初めてだ。

皿いっぱいのアーティチョークを口に入れられて、思わず鼻が動いてしまった。

さらにカボチャスープを飲まされた。なんなのだ。寝ている者に無理やり食べさせてはいけないのだぞ。それでも好物ゆえ、ごくんと音を立てて飲み込んだ。

「食べましたよ！　黒狼がカボチャスープを！」

女魔術師が歓声《かんせい》を上げた。いつもきつい顔をしてきつい物言いをしていた女と、同一人物とは思えない。

男魔術師も扇子《せんす》を手に、笑顔《えがお》で踊《おど》っていた。最近はずっと顔をしかめていたのに、今は顔をクシャクシャにして笑っている。

そしてクライドだ。疲れ切っていた体にすっかり生気が戻っている。小動物のような女を見る目は、愛《いと》しさに満ちていた。

（なんだ……？）

戸惑《とまど》うばかりだ。

何より「黒狼様」と、親しげに呼びかけてくるこの女は何者だ。黒狼の好きなものをピンポイントで当ててくる。だが黒狼に人間の知り合いなどいないから、偶然《ぐうぜん》なのだろう。

黒狼を見ては嬉《うれ》しそうに笑う。クライド相手に笑ってやればいいのに、と思う。

馬房内《ばぼうない》に流れる空気が違う。前とは違って、とても暖かい。

冷たい静寂に満ちていたのに、今は明るい声が飛び交《か》っている。

そして黒狼は目を覚ました。魔王の生まれた場所を知っている魔族はもういない、とわかっていても。

死ぬ前に、実際にこの目で見たかったのかもしれない。

皆《みな》が疎《うと》む黒狼を、助けようとしてくれている彼らの笑顔を――。

◆◆◆ ◆◆◆

アシュリーはジャンヌとハンクと一緒《いっしょ》に、姿見を抱《かか》えて厩舎へ戻った。

(これで黒狼様が目覚めてくれるといいけれど)

期待を胸に、奥の馬房へ入る。すると――。

「嘘《うそ》……」

信じられない光景が目の前に広がっていた。黒狼が起きているではないか。痩《や》せ衰《おとろ》えてはいるものの、しっかりと四本の足で立っている。

嬉しさよりも先に、あまりに突然《とつぜん》のことで混乱してしまった。

ジャンヌとハンクも同じだったようで、呆然《ぼうぜん》と立ち尽くす。けれど、

「クライド様⁉」

「どうされたんですか！」

頭を抱えて座り込むクライドの許《もと》へ、二人が駆《か》け寄った。

クライドのこんな姿を見るのは初めてだ。喜ぶならいざ知らず、一体どうしたのか。激しい不安が込み上げたその時、

『なんでもない。大丈夫《だいじょうぶ》だ』

と、頭の中で黒狼《こくろう》の声がした。そうだ、これが黒狼の声だ。懐《なつ》かしさに胸が締《し》めつけられた。

「うわっ！　なんだ、これ？」

「やだ、頭の中で声が聞こえるわよ！」

顔を引きつらせたハンクたちに、黒狼が続ける。

『クライドが考えていたことと結果が違《ちが》った。それで落ち込んでいるだけだ』

（結果が違った？　どういうことですか？）

前世でこの話し方に慣れているアシュリーは、緊張《きんちょう》しながら心の中で黒狼に聞いた。

上級魔族とはこうやって会話をする。自分は心の中で話し、相手は自分の頭の中に話しかけてくる――はずなのに、黒狼は首を傾《かし》げた。

『ひょっとして今、俺に何か言ったのか？』

（えっ？）

『どうした？　声に出さなくては聞こえない』

（ええ――っ⁉）

どうやらアシュリーの勘違《かんちが》いだったようだ。恥《は》ずかしい。

黒狼が淡々《たんたん》と告げた。

『俺が魔王様の魂《たましい》の許へいくすべはない、ということだ』

「……えっ？」

動揺《どうよう》するアシュリーたちに、黒狼がクライドとのやり取りを説明した――。

「そんな……嘘でしょう」

「ここまできたのに……」

ジャンヌとハンクが泣きそうな顔になった。床《ゆか》を叩《たた》いて、悔《くや》しさとやるせなさをぶつけている。そのために四年間を費《つい》やしたのだから当たり前だ。

黒狼がうつむき、クライドは座り込んだまま身動き一つしない。

心が折れそうなほど重い空気が流れる中、アシュリーは一人、違うことを考えていた。

（えっと、その場所は確か――）

『もういい。お前たちは充分《じゅうぶん》やってくれた。魔族の俺なんかのために』

「そんなこと言わないで下さいよ！　最後が駄目《だめ》なら、今までのことが全部無駄《むだ》になるじゃないですか……！」

「そうよ！　最初はクライド様に頼《たの》まれたから、渋々《しぶしぶ》あなたを目覚めさせようと思っていたけど、四年間世話してきたのよ。愛着も湧《わ》くでしょう！」

（確か、あそこよね？　島の崖沿《がけぞ》いの――）

『色々と世話になった。礼を言う。今まで生きながらえることができたのは、クライドと、お前たちのおかげだ』

「そんな……こんなこと有り得ないっすよ……」

「絶対に助けるんだと思ってたのに……」

涙声《なみだごえ》が悲痛に響《ひび》く。そんな二人に、黒狼が達観したように微笑《ほほえ》んだ。

『実は眠《ねむ》っていたといっても意識はあった。途切《とぎ》れ途切れだがな。だから声は聞こえたし、お前たちの気配も感じた。俺の命は近いうち尽《つ》きるが、もう充分してもらったよ』

「そんな……」

重い空気を裂《さ》くように、「あの、黒狼様――」と恐《おそ》る恐る話しかけた。

皆の視線がアシュリーに集中する。

泣きそうな顔のハンクとジャンヌ、仕方ないと諦《あきら》めている黒狼、そして自分の力の無さに打ちのめされているクライドの視線が。

アシュリーは両手を強く握《にぎ》りしめた。その先を口にすれば、今度こそ黒狼を知っていた理由を黙《だま》っていられなくなる。

前世が魔族《まぞく》だったと知られたら、ジャンヌにもハンクにも、そしてクライドにも、冷たい目を向けられるかもしれない。そうしたら、もうここにはいられなくなる。

（そんなの嫌《いや》……！）

思っていたより、ずっと激しい感情が込み上げてきて驚《おどろ》いた。

ここへきた当初は恐怖《きょうふ》だけだった。早く帰りたい、としか思っていなかった。

それなのにいつの間にか、ここにいられないことが嫌だと思う。まだ帰りたくない。ここにいたい。

（でも――）

でも何より黒狼にも、ジャンヌにも、ハンクにも、こんな悲しい顔はしてほしくない。

クライドのこんな顔は見たくない――。

アシュリーは決意して顔を上げた。

「もしかして、その場所は島だったりしませんか？」

『島？』

「そうです。東の端《はし》にある小さな島。今はフルト島と呼ばれていますが」

『フルト島……』

「そこの崖沿いではないですか。島の西側の、ちょっとくぼんだ場所です」

覚えている。魔王の生まれた場所、それは魔国の西の端にあった島だ。今はトルファ国の領土である、フルト島。

仲間の黒ウサギたちと、夕食用の芽キャベツを背負って観光に出かけた覚えがある。当時は有名な観光地だったのだ。

「えっ……アシュリー様？」

「何を言いだすんです……？」

状況《じょうきょう》を呑《の》み込めないジャンヌとハンク。クライドも啞然《あぜん》としたまま、一言も発しない。彼らが、クライドが何を考えているか想像すると胸が苦しい。

ああ、嫌だ。こんな場は嫌だ。でも――。

そんな中、低い唸《うな》り声が聞こえた。黒狼だ。目を大きく見開き、

『――そうだ。その島だ。西の崖のくぼみ。大きな岩がある。そこだ。思い出した……！』

その言葉に、クライドたちが驚愕《きょうがく》の表情になった。身じろぎもせずアシュリーを見つめる。

黒狼が目を見開いたまま、詰《つ》め寄ってきた。

『お前、なぜそんなことを知っている⁉　人間の匂《にお》いしかしないが、もしかして魔族なのか？』

クライドたちが一様にギョッとした。アシュリーは思わず顔をそらした。

（嫌だ……）

嫌《きら》われたくない。絶対に嫌われたくない。

けれどあんな悲しい顔をさせたくないから、ばれても仕方ないと決意したのだ。

ともすれば逃《に》げ出しそうになる心を抑《おさ》えて、黒狼を見つめた。

「違います。ちゃんと人間です。でも、あの……」

『なんだ?』

「……前世が魔族で、その記憶《きおく》があるんです」

「……前世？」と、かすれた声で聞き返したのはクライドだ。

「そうです。だから瘴気《しょうき》の匂いもわかりましたし、黒狼様についても知っていました」

視線を合わせられないまま、小声で答えた。

「アシュリー様の前世が魔族……?」

「人間に生まれ変わったということ? そんなこと有り得るの……?」

ハンクとジャンヌの呆然《ぼうぜん》とした声が聞こえたけれど、やはり顔を上げられない。

嫌だ。怖《こわ》い。二人の、そしてクライドの表情が、いつもの優《やさ》しいものではなく嫌悪《けんお》感《かん》のこもったものに変わっていたらどうしよう。

考えたら体の芯《しん》が冷たくなった。お願い、お願い、と祈《いの》ることしかできない。

けれど聞こえてきたのは予想に反して、クライドの明るい笑い声だった。

はじかれたように顔を上げたアシュリーの前で、おかしくてたまらないと言うように笑い続ける。

（何？　どうなってるの……？）

そんな態度は予想していなかった。啞然とするアシュリーにクライドが言った。

「わかった。それでウサギっぽいんだ。ひょっとして前世は魔族のウサギだったとか？」

「――黒ウサギです」

戸惑《とまど》いながら、よくわかるな、と思った。そして、気になるのはそこなのかとも。

「そうか。前世だなんて考えもしなかった。実は、アシュリーの先祖が黒狼《こくろう》と関《かか》わりがあって、その時のことを記したものが代々伝わっているのかとウォルレット家に使いを出したんだよ。でもご家族は何も知らなくて、なぜアシュリーが黒狼を知っていたのか本当に不思議だったんだ。ああ、なるほどね」

クライドは安心したのか、めずらしく次々と言葉を紡《つむ》ぐ。

アシュリーは驚愕した。そんなことをしていたなんて全く気づかなかった。やはり油断のならない人だ。

「だから俺を怖《こわ》がっていたんだ？　俺が魔族を倒《たお》した勇者の子孫だから」

「……そうです」

「だから俺に『慣れたいと思う』なんだ。ようやくわかったよ」

クライドが顔いっぱいで微笑んだ。真摯《しんし》にアシュリーを見つめる。

その緑色の目に浮《う》かぶのは、嫌悪でも軽蔑《けいべつ》でもなかった。変わらず、優しくて温かい色だ。

体中から力が抜《ぬ》けた。そこで初めて、全身が硬《かた》くこわばっていたことを知った。

よかった。本当によかった。安堵感《あんどかん》が次から次へとあふれ出て、体中を柔《やわ》らかく包み込む。

「アシュリーのおかげで希望が見えたよ」

クライドの声は喜びにあふれている。先ほどまでの、暗く重苦しい雰囲気《ふんいき》はかけらもない。

呆然としていた黒狼が、感極《きわ》まったようにつぶやいた。

『ああ。魔王様がお生まれになった場所がわかった……』

「そうだ。魔王の魂《たましい》のところへ行けるよ。望み通りの場所へ行ける」

笑って答えるクライドに、黒狼がうつむいた。黒い目から大粒《おおつぶ》の涙《なみだ》がこぼれ出た。

六百年間、自分を責め続けたことの終わりを告げる涙だ。

「俺と黒狼の魔力を合わせて、フルト島に黒狼を送る。ただ、そのことに気づかれたら王室が黙ってはいない。黒狼は連れていかれ殺されるだろう。だから秘密裏《ひみつり》に行わないといけない」

「はい」

転移魔法は時間がかかる。ここから遠く離《はな》れたフルト島へ送るとなれば、およそ半日ほど必要だ。

「そのために当日、目くらましとして、偽《にせ》の結界をこの厩舎《きゅうしゃ》に張る。黒狼の気配や瘴気が消えるのを隠《かく》すためのものだ。ジャンヌにハンク、一緒《いっしょ》に頼むぞ」

「わかりました」

二人が真剣《しんけん》な顔で頷《うなず》いた。

（……あれ？）

そこで不思議に思った。廏舎には普段《ふだん》から、黒狼の魔力や瘴気が外に漏《も》れないように結界を張ってあるのではないのか。それでもばれてしまうのか。

その疑問がわかったのか、クライドが答えた。

「宮殿《きゆうでん》にいる魔術師《まじゆつし》たちや魔力を持つ王室関係者くらいなら、それでごまかせると思う。ただ直系王族――俺の兄弟たちは難しいだろう。魔力量が違《ちが》うからね」

さすが勇者の子孫である。

「その中でも転移魔法が使えるのは、クライド様だけなんですよ」

と、ハンクが誇《ほこ》らしげに言った。

クライドがアシュリーたちを見回した。

「黒狼の体調を考えたら、実行するのは早いほうがいい。ちょうど六日後に、宮殿で王妃《おうひ》の誕生日祝いのパーティーが開かれる。国内の主要貴族たちも招待されている大々的なものだ。もちろん兄上も弟二人も出席する。決行はその日にしよう。俺も予定通り参加すると告げておく。そのほうが兄弟たちの気をそらせるし、もし異常を察知したとしてもすぐには会場を抜け出せないから」

「はい」

「黒狼が消えたことは、いずれ知られる。だが全《すべ》てが終わってからなら、なんとでもごまかせるし、ごまかす。だからその決行の間だけ邪魔《じゃま》されなければいい」

ハンクとジャンヌが真剣な顔で頷き、アシュリーも大きく頷いた。

『皆《みな》、感謝する。よろしく頼《たの》む』

黙《だま》って話を聞いていた黒狼が、深々と頭を下げた。

なんてことだ。アシュリーは狼狽《ろうばい》した。

「そんな、黒狼様！　頭を上げてください……！」

『お前は魔族の黒ウサギだったのか。といっても覚えていないのだが。すまない』

「いえ、構いません！」

何せ、のんびりと草を食べているだけの下《した》っ端《ぱ》魔族だったのだ。

『お前のおかげだ。礼を言う』

「そんな……」

胸が詰まる。どうしよう。泣きそうだ。まさか憧《あこが》れの黒狼から、お礼を言われるなんて思っていなかった。

涙をこらえ、心のままに黒狼に抱《だ》きつくアシュリーを、クライドが優しい目で見つめていた。

翌朝、アシュリーは早起きして寝室《しんしつ》を出た。

黒狼と一緒にいられるのもあと少しだ。本音を言うと、夜の間もずっと厩舎にいたい。けれど普段と違うことをして、使用人たちにおかしいと思われてはいけない。黒狼をきちんとフルト島へ送り届けることが一番大事だから、とクライドに言われて頷いた。そのとおりである。

それでも気が逸《はや》り、足早に階段を駆《か》け下りた。と、クライドの姿があった。驚《おどろ》くアシュリーに「おはよう」と微笑《ほほえ》む。どうやらアシュリーの考えはお見通しだったようだ。

並んで厩舎へ向かうと、ハンクとジャンヌが石けんで丁寧《ていねい》に黒狼の体を洗っていた。

痩《や》せた体を泡《あわ》だらけにして、おとなしく体を洗われている黒狼に、

「おはようございます、黒狼様」

アシュリーは笑顔《えがお》で挨拶《あいさつ》した。

黒狼が軽く頷いて応《こた》える。その拍子《ひょうし》に、頭から泡の交じった水が垂れてきて、目に入ったようだ。慌《あわ》てて顔を左右に振《ふ》った。

泡と水滴《すいてき》をまともに浴びたハンクとジャンヌが、悲鳴を上げる。

「うわっ、冷たい！」

「ちょっと何するのよ！」

『……すまん』

黒狼がうなだれた。

クライドが笑いながら、たらいに入れた綺麗《きれい》な水を運び、アシュリーも急いでタオルを取りに走った。

フルト島へ送る日まで、アシュリーたちは黒狼と一緒に過ごした。

黒狼の体はすでに、食物をほんのわずかしか受け付けない。とっておきの塩入り葡萄《ぶどう》酒を少量作り、特上カボチャを少しだけ、とろとろに煮《に》込《こ》んでスープにした。黒狼はゆっくりと美味《おい》しそうに舐《な》めた。

クライドが湯を沸《わ》かすと、気持ちよさそうに首までつかり、目を細めた。

お風呂《ふろ》からあがった後は、体中を丁寧にブラッシングした。

世話をしながらも別れを思い、ジャンヌは時に涙ぐんでいた。それをハンクがからかう。

けれどハンクもまた、厩舎の裏でこっそりと泣いていたことをアシュリーは知っている。

クライドはそんな彼らを見て、穏《おだ》やかに微笑んでいた。

アシュリーも同様である。別れは確かに悲しいけれど、それよりも黒狼を望んだ場所へ送ってあげられることのほうが嬉《うれ》しい。

そしてロザリーに頼んでいた特注のマントと帽子《ぼうし》、靴下《くつした》が届いた。黒狼がいそいそと身に着ける。

「わあ、素敵《すてき》ですよ！　最高です！」

アシュリーは全角度から見ようと、顔を輝《かがや》かせて黒狼の周りをグルグルと回った。

「いいじゃないっすか！　やっぱり俺の頼んだ帽子が、いい味を出しているんですよね」

「ええ。本当に似合ってるわ。でも私の頼んだ靴下がいいのよ。クライド様、いかがです？」

「最初はどうなることかと思ったけど、思いのほか似合っているな。特にマントがいい」

意外に負けず嫌《ぎら》いな面々に褒《ほ》められ、黒狼は姿見に映った姿をまんざらでもなさそうな顔で眺《なが》めた。

――そして、黒狼をフルト島へ送る日がやってきた。

前日から魔《ま》法陣《ほうじん》の準備をしていたクライドが、身を清めて陣の中央に立つ。

ハンクとジャンヌはそれぞれ、陣の東と西の端《はし》だ。緊張《きんちょう》した面《おも》持ちのハンクが聞いた。

「王妃様の誕生日パーティーは、今日の正午からですよね？　もうすぐ始まりますね」

「ああ。昼から明日の朝までだ。豪勢《ごうせい》だろう。黒狼《こくろう》を無事に送り届けたら、俺も遅《おく》れて参加するよ」

国王たちに怪《あや》しまれないように、クライドは今日のパーティーを出席にしているからである。

さらに『クライドは急用ができて、パーティーに少し遅れる。用事が終わり次第《しだい》駆けつける』と伝える使者も、すでに送ってある。

黒狼を誰《だれ》にも知られることなくフルト島へ送るためだ。

パーティーの開始時刻と同時に、偽の結界を張り、転移魔法を発動させる。兄弟たちが異変に気づいても、王妃の誕生日パーティーの最中では動きづらい。それからサージェント家へ急行したとしても、時すでに遅《おそ》く黒狼の姿は消えている、という計算である。

（……お別れだわ）

黒狼はもうすぐ命を終える。敬愛する魔王の許《もと》へ望み通り行けるとわかっていても、やはり別れは悲しいし寂《さび》しい。もっと生きて一緒にいられたらいいのに。

けれど、そんなことは無理だとわかっている。

（せめて笑顔で送ろう）

アシュリーは腰《こし》をかがめて、隣《となり》に立つ黒狼に抱きついた。

黒狼が驚いたように目を白黒させた。モフモフの毛を丹念《たんねん》になでながら、アシュリーは頑張《がんば》って笑みを浮《う》かべた。

「お元気で。黒狼様」

『ああ。といっても、じきに命は尽《つ》きるがな』

「……すみません」

『いいんだ。世話になった。お前こそ元気でな。クライドと仲良くしてやれ』

「えっ？」

思わず聞き返す。黒狼はそれ以上言わずに、ただ笑っていた。

魔法陣の中央でクライドが苦笑《くしょう》している。

『じゃあな。お別れだ』

「……はい」

見守るアシュリーの前をゆっくりと横切り、黒狼がハンクとジャンヌの許へ向かう。それぞれの腰に頭をすりつけた。

ハンクが泣きそうな顔で黒狼を抱《だ》きしめ、ジャンヌも涙《なみだ》を浮かべながら強く頭をなでた。

最後に、陣の中央にいるクライドの許へ歩いていった。黒狼がかすかに目を細め、クライドが小さく頷《うなず》いた。お互《たが》いにそれで充分《じゅうぶん》のようだった。

太陽が真上にきた。

「始めよう」

空気がぴんと張り詰《つ》めた。

偽《にせ》の結界を張るため、クライドたちが両手を合わせて、呪文《じゅもん》を唱えた。

(目くらましのための結界……クライド様は転移魔法も使いながら、でしょう。なんて魔力量なの。すごいわ)

心の中で感心するアシュリーに、クライドが言った。

「まあ、俺も勇者の子孫だからね。アシュリーの苦手な」

確かにそうなのだが、気になったところはそこではない。

「……私、今の質問を口に出しました？」

「いや。ただ、そんな顔をしていたから」

（そんな顔!?　どういう顔のことなの？）

慌てて両手で顔中をなで回して確認《かくにん》すると、クライドが噴《ふ》き出した。

やがて魔法陣が白く浮かび上がった。まるで光の渦《うず》だ。中央にいるクライドと黒狼の姿も白く輝いている。

（無事にたどり着けますように）

両手を胸の前で合わせて祈《いの》った。

その時だ。厩舎《きゅうしゃ》の正面扉《とびら》を叩《たた》く音が小さく聞こえた。

クライドたちの顔色が変わった。アシュリーも不安から、心臓がドキリとした。

一体、誰がノックしているのか。それに、ノックの音がこの奥の馬房《ばぼう》で聞こえるということは、かなり激しく叩かれていることになる。

「――私がいきます」

張り詰めた口調で、ジャンヌが足早に手前の馬房へ向かった。正面扉の内側から、警戒《けいかい》した口調で、

「どなたですか？」

「執事《しつじ》のフェルナンです。クライド様はいらっしゃいますか？　早急《さっきゅう》にお伝えしたいことがご

ざいます」

フェルナンだったのか。アシュリーはホッとしたけれど、すぐに考え直した。抑《おさ》えてはいるものの、かなり切羽《せっぱ》詰《つ》まった声音《こわね》だ。フェルナンは常に、落ち着いた態度と穏やかな笑《え》みを崩《くず》さない人である。それなのに――。

「どうした？」

異変を察したクライドが、扉越《とびらご》しに鋭《するど》く問う。

「大変です。クライド様の弟君たち――ユーリ様とジョッシュ様が先ほどお見えになりまして、国王陛下に様子を見てくるように言われた、至急クライド様にお会いしたい、とおっしゃっております」

（嘘《うそ》!? どうして？ だって王妃《おうひ》様の誕生日パーティーが始まっているはずなのに……）

弟たちが廏舎へやってきたら、この計画がばれてしまう。そうしたら黒狼の命が危ない。

（どうすればいいの!?）

狼狽《ろうばい》して、クライドたちに視線をやる。すると、

（……あれ？）

意外にも彼らは落ち着いていた。真剣《しんけん》な顔で話し合っているものの、うろたえている様子はない。

（どうして？）

一大事ではないのか。ぽかんとしていると、気づいたクライドが微笑《ほほえ》んだ。

「心配しなくていいよ。今までも度々《たびたび》、兄上はここに王室長官や貴族院長なんかを寄越《よこ》して、様子見をさせていたからね。今回も、俺の突然《とつぜん》の婚約《こんやく》話やこの間のユーリの来訪時のことを怪しく感じて、誰かを寄越すだろうと予想していたから」

「そう……なんですか」

安心したけれど、ちょっと拍子抜《ひょうしぬ》けでもある。

クライドが扉越しにフェルナンに確認した。

「きたのは弟二人だけだな？　後は護衛の兵士たちだけで、兄上はいないな？」

「はい」

ハンクが顔をしかめた。

「というか、弟君たちは王妃様の誕生日パーティーに出席されない、ということですか？」

「兄上の指示だろうな。会場には兄上だけ残っていればいいと踏《ふ》んだんだろう。よほどこの殿舎が気になるらしい」

「でもそれって、偽の結界を張る前から気づいていた、ということですよね？　すごいっすね」

ハンクが青ざめた。

「詳細《しょうさい》は気づいていないだろう。ただちょうど王妃の誕生日祝いが予定されていたから、俺が何かするならそこだと踏んだのかもな」

ジャンヌも落ち着かない口調で聞く。

「わざわざ弟君たちを寄越したのは、クライド様にプレッシャーをかけるためですか？」

「そうだろうな」

クライドが不敵に笑った。

アシュリーはまだ国王に会ったことはないけれど、クライドにこんな顔をさせるのだから、どんな人物なのかわかる気がした。

「では事前に言っていたとおり、第二のやり方に変更《へんこう》だ。俺が偽の結界を張りつつ、黒狼《こくろう》をフルト島へ送る。ハンクとジャンヌにはその間、邪魔者《じゃまもの》たちを足止めしておいてもらいたい。決してこの廏舎へは近づけないようにしてくれ」

「はい」

「弟たちは兄上に言われて様子見に来ただけだ。実態は把握《はあく》していない。だから大丈夫《だいじょうぶ》だ。ジャンヌはユーリの、ハンクは末っ子のジョッシュの相手を頼《たの》むよ」

「承知しました」

扉越しにフェルナンの声がした。

「弟君たちには、母屋《おもや》の応接室でお待ちいただいております。ですが、クライド様に早急に会わせろ、自分たちは廏舎に用がある、と声高《こわだか》におっしゃっていまして。弟君たちは廏舎の場所をご存じですので、ここに来られるのも時間の問題かと」

ジャンヌたちが扉に手をかけ、クライドを見た。

「では弟君のところへ行ってまいります」

「頼んだ」

アシュリーは不安を押しやり、ありったけの思いを込めて言った。

「気をつけてくださいね」

二人が笑って応《こた》える。それから素早《すばや》く振《ふ》り返った。奥の馬房には、こちらをじっと見つめる黒狼の姿がある。

二人は安心させるように黒狼に笑みを向けた。

そして真剣な顔で外へ出ていった。

(大丈夫かしら。……いえ、きっとうまくいくわ)

自分に言い聞かせて振り返ると、魔法陣《まほうじん》の中央で、黒狼が深々と頭を下げているのが見えた。

途端《とたん》に、心配している自分を恥《は》じた。きっと、なんて思っている場合ではない。なんとしても黒狼をフルト島へ送るのだ。

心に誓《ちか》い、胸元《むなもと》で両手を強く握《にぎ》りしめた。と同時に、頭をなでられていることに気がついた。

「……なんですか？」

「なんでもないよ」

クライドだ。笑顔で、アシュリーの髪《かみ》をなで続ける。触《ふ》れているのに、アシュリーが怯《おび》えることも驚《おどろ》くこともなくいつもの態度でいるからかもしれない。

その幸せそうな顔を見ていたら、またも胸がいっぱいになった。そして、

「私、外で見張りをします」

そう告げると、クライドが目を見開いた。

本当はこのまま黒狼を見送りたい。けれど、また誰《だれ》かの邪魔《じゃま》が入らないとも限らない。ジャンヌとハンクはもういないのだ。

弟たちの相手なんてとても無理だけれど、自分にできることはあるはずだ。

決意して微笑むアシュリーに、クライドが一瞬《いっしゅん》まぶしそうな目をした。

「――わかった。気をつけて。何かあったらすぐに戻《もど》ってくるんだ。いいね？」

「はい」

黒狼に視線を移す。万感《ばんかん》の思いを込めて言った。

「お元気で。黒狼様」

『ああ。お前も』

アシュリーは厩舎の扉を開けて、外に出た。

〈五〉黒狼を送ろう

ジャンヌは応接室へ走った。扉《とびら》の前にいる兵士たちを視線で威嚇《いかく》して、勢いよく扉を開けた。

すると優雅《ゆうが》にソファーに座り、足を組む青年の姿があった。ユーリである。

(確か、十八歳になられたばかりよね)

ジャンヌよりだいぶ年下である。

(さてと……)

クライドの転移魔法が完成するまで、ユーリを廏舎《きゅうしゃ》へ近づけてはならない。

ユーリは以前にも何度かサージェント家へやってきたが、相手をするのはいつもクライドで
ジャンヌは挨拶《あいさつ》しかしたことがない。まともに話すのは初めてだ。

宮殿《きゅうでん》で聞いた噂《うわさ》を思い出した。ユーリは兄二人を尊敬していて、優《やさ》しく穏《おだ》やかな性格である。

そして女好きだ、と——。

「初めまして、ユーリ様」

ジャンヌは優美な笑みを浮《う》かべながら、ユーリをじっくりと観察した。

ユーリもまたソファーにもたれたまま、興味深そうな目で見返してくる。まさに頭のてっぺ

んから爪先《つまさき》まで全身をジロジロと、だ。

「やあ。ジャンヌ……だよね？」

「私の名前をご存じなのですか？」

「美人の顔と名前は知ってるよ。何か用？　廏舎へ行って様子を見てこいと、兄上から言われているんだ。ちょうどよかった。一緒《いっしょ》に行こうよ」

どうやらユーリ自身は異変を察知していないようだ。それに今クライドが張っている、偽《にせ》の結界に気づいている様子もない。

（よかった）

心の中で安堵《あんど》の息を吐《は》く。では後は、足止めだけだ。

ジャンヌはとっておきの笑《え》みを浮かべた。

「その前に、実はユーリ様にお教えしたい、とっておきのことがあるのです」

「後でいいよ。とりあえず廏舎にいこう」

さっさと歩き出すユーリに内心焦《あせ》りながらも、笑顔で続けた。

「ユーリ様が体験したことのない女体《にょたい》について、お教えしたいと思うのですが」

「……体験したことのない？」

「はい。僭越《せんえつ》ながら私が手取り足取り、実物の見本もお見せいたしまして、ご教授したいと思っております」

「……ふーん」

　国王からの命令との間で迷っている。もうひと押しだ。

「それにここだけの話、これはクライド様もお気に召《め》したものでございます」

「クライド兄さんが？」

　途端にユーリの目が輝《かがや》いた。食いついた、とジャンヌは内心でほくそ笑んだ。

「いいねえ。ぜひお願いするよ」

　群がる女性たちを躱《かわ》し続けたクライド。そんな兄が気に入ったもの、というところに純粋《じゅんすい》な興味を覚えるのだろう。

「では準備してまいります。ここで少しだけお待ちください」

　余裕《よゆう》を見せるため、ゆったりとした動作で応接室を出る――や否《いな》や、勢いよく廊下《ろうか》を走った。

　ワインセラーの隣《となり》、物置用の小部屋に入り、用意しておいたものを手にする。六日前にクライドからこの作戦を聞き、念のため宮殿にいる魔術師仲間に届けてもらったのだ。

　ローブの胸元にそっと押し込み、急いで応接室へ戻った。

「お待たせいたしました」

　息を整え、ローブの胸元のボタンをゆっくりと外す。

　そして――。

「ユーリ様、どうぞ存分にご堪能《たんのう》ください。このしなやかな腕《うで》に、なだらかに腰《こし》へと流れるライン。適度に筋肉のついた綺麗《きれい》な足」

「ジャンヌ……」

「そしてなめらかなお腹《なか》に、美麗な顔立ち。つぶらな瞳《ひとみ》に、小さく形のいい鼻」

「ねえ、ジャンヌ……」

「この思わず頰《ほお》をすりつけたくなるような長い耳に、可愛《かわい》らしいひげ！　全身に生えたモフモフの毛を！」

「ジャンヌ!!」

顔をしかめたユーリにさえぎられた。ジャンヌはイラッとして片眉《かたまゆ》を上げた。

「なんでしょう？」

「僕はクライド兄さんが気に入って、なおかつ僕が未体験の女体を見せてくれると言うから、こうしておとなしく座っているんだけど」

「ええ。クライド様がお気に召して、なおかつユーリ様が未経験の女体をお見せしておりますが？」

二人はしばし無言で見つめ合った。

彼らの間にあるテーブルの上では、茶色い毛のウサギが腹を出して寝転《ねころ》んでいた。

ジャンヌが物置用の小部屋から持ってきたもの——それはウサギである。

宮殿で魔術師仲間が飼っているもので、昨日の昼間に届けてもらったのだ。ちなみにメスである。

「これほど美しく可愛らしい女体は、古今東西どこを探そうと他《ほか》にありません！」

断言すると、ユーリが困惑《こんわく》したように眉根を寄せた。

「まあ確かに可愛いけどさ、クライド兄さんは特に動物好きではなかったよ？」

「昔はそうでも今は違《ちが》います。クライド様も、ウサギの可愛さについに目覚めたご様子です」

「本当に？」

探《さぐ》るような視線をまっすぐ見返す。何も間違ったことは言っていない。

ジャンヌが愛《いと》おしいと思うウサギと、クライドのそれには若干《じゃっかん》の違いはあるかもしれないけれど、それでも両方「ウサギ」には違いないのだから。

「クライド兄さんがウサギを？　そういえば、前に宮殿で会ったレイター伯《はく》も、そんなことを言っていたな……なんでウサギなんだ？」

意味がわからない、と顔をしかめる。そして小さく息を吐いて、

「前にここへ来た時に、クライド兄さんに言われたこと。あの時は頑《がん》としてはねのけたけど、後で改めて考えてみたんだ。この世界の歴史や魔族に対する考え方、王族としての在り方なんかをね。そうしたらやっぱり魔族は憎《にく》いけど、でもクライド兄さんの考え方もありなんじゃないかって、そう思うようになった。まあ魔族は嫌《きら》いだけど。だからやっぱりクライド兄さんはすごいな、と感心していたのに……なんでウサギにはまってるんだよ？」

その時ジャンヌはその場にいなかったから、ユーリの指す内容がはっきりとはわからない。

それでも若い王子の考え方が、ものの見方が、少しだけ広がったことはわかった。

それはきっと、このトルファ国の未来につながる明るい兆《きざ》しだろう。

ジャンヌは微笑《ほほえ》み、そしてテンションを高くたたみかけた。

「さあユーリ様、聞いてください！　ウサギの可愛さを、強さを、気高さを！　もっともっとお教えいたしますよ！」

渋々《しぶしぶ》頷《うなず》いたユーリの前で、茶色いウサギが腹を出したまま眠《ねむ》り始めた。


「こんにちは、ジョッシュ様」

ギャラリールームの入口で、ハンクは笑みを浮かべて挨拶した。

応接室にはユーリの姿しかなかったので、急いで他を捜《さが》した。すると兵士たちがこの部屋の入口を固めていたので、ここだとわかったのだ。

「あっ、男魔術師《まじゅつし》だ！」

末っ子のジョッシュは年が離《はな》れているため、まだ十一歳を過ぎたばかりの子どもである。

クライドと同じ、鮮《あざ》やかな金髪《きんぱつ》に緑色の目。四兄弟全《すべ》てがそうだ。

ジョッシュは無邪気《むじゃき》な笑みを浮かべて、ハンクの許《もと》に走ってきた。

それにしても、なぜ絵画や彫刻《ちょうこく》が飾《かざ》ってあるギャラリールームにいるのか。

早くに両親を亡《な》くし、年の離れた兄たちから可愛がられ、王室関係者たちからも甘やかされたジョッシュは、天真爛漫《てんしんらんまん》で子どもっぽいと聞いている。芸術に興味があるとは思えないが。

（でもまあ、この子でよかったよな）

ハンクはホッとしていた。ユーリは男の自分になんて興味を持たないから、引き留めるのは骨が折れそうだ。

（適当に遊んでやって時間を稼《かせ》ごう）

黒狼《こくろう》はいつフルト島へ着くのだろう。余裕から物思いにふけっていると、突然脇腹《とつぜんわきばら》に激痛が走った。

「痛っ!!」

慌《あわ》ててジョッシュを見下ろす。土を固めて作った馬を持った彼が、無邪気に微笑んでいた。

（その馬は、確かあそこに飾ってあったものだよな）

台の上はからっぽだ。芸術作品である馬の彫刻を、ジョッシュがハンクの脇腹に追突《ついとつ》させたのだ。

（なんで？）

天真爛漫とは言われているが、乱暴だとは聞いたことがない。困惑していると、

「魔術師のお兄ちゃん、遊ぼう。お兄ちゃんの馬はこれね」

そう言って渡《わた》されたのは、またもや飾ってあった木の彫刻である。しかしこれは明らかに馬ではない。全体的にでこぼことした形の——何かと言われればわからない——「芸術作品」だ。

「クライド兄さまが前に言ってたんだ。サージェント家に来たら、ここにいる男魔術師が好きなだけ遊んでくれるよ、って。その時は好きなもので遊んでいい、って。だから僕、ここへ来るのをすごく楽しみにしてたんだよ」

（なんだと!?）

一瞬《いっしゅん》驚《おどろ》いたものの、すぐに納得《なっとく》した。

（言いそう。クライド様、すげー言いそう）

しかも楽しそうに笑いながら、だ。全くなんて方だ。

「馬で戦いごっこしよう！」

「わかりました。やりましょう」

まあいい。このまま適当に遊んでやれば、黒狼をフルト島へ送る時間が稼げる。

「いくよー！」

芸術品をおもちゃのように扱《あつか》いながら、笑顔《えがお》で突《つ》っ込んでくる。

ジョッシュは兄弟たちの中で、一番クライドと顔立ちが似ている。笑った顔はまるで天使のようなのに。ため息を吐《つ》き、ハンクは馬と言って渡された作品を持ち、構えた。

心のこもった誰《だれ》かの芸術作品である。衝撃《しょうげき》で壊《こわ》れないように魔法で硬化《こうか》しておく。

(ジョッシュ様の馬も割れないように、あらかじめ硬化魔法をかけておこう)

その瞬間、目の前でジョッシュの馬がみるみるうちに大きくなった。元の五倍の大きさはある。

唖然《あぜん》とした。そしてようやくその馬に、ハンクのものよりも上等な硬化魔法がすでにかかっていることに気がついた。

(そうだ。この子、まだ子どもだけど直系王族だった……)

距離《きょり》が近過ぎる。とても避《よ》けられない。やばい、と冷や汗《あせ》が流れた瞬間、咄嗟《とっさ》に踏《ふ》み込んだ右足が滑《すべ》った。ハウスメイドが床《ゆか》に艶《つや》を出す油を塗《ぬ》ったばかりだからだ。

バランスを崩《くず》してしりもちをつく。

そのおかげで、ハンクは大きな馬がぶつかるのを回避《かいひ》できた。

(よかった。助かった……！)

喝采《かっさい》を上げたい気分だ。

「すごいよ、魔術師のお兄ちゃん！　これを避けた人は初めてだよ」

ジョッシュの心底嬉《うれ》しそうな声がした。被害者《ひがいしゃ》はすでに存在したようだ。

ハンクは自分を戒《いまし》めて、素早《すばや》く立ち上がった。何を余裕《よゆう》ぶっていたのか。ジョッシュは戦いを挑《いど》んでいるのだ。大きく息を吐《は》き、真剣《しんけん》な顔で構える。

目の前では、ばかでかい馬を宙に浮《う》かせたジョッシュが、子どもらしいキラキラした目でハンクを見つめている。

楽しいんだな。ふと思った。ジョッシュは心底楽しいのだ。さすがに魔力を持っていない者にこの遊びをふっかけることはないだろうが、選ばれた相手も王族相手に本気は出さないだろうから。

(――よーし)

こんな時だがハンクは心が躍《おど》るのを感じた。元々こういった遊びが好きなのだ。

(一応、衝撃を少なくする魔法をジョッシュ様にかけて、と)

ハンクよりジョッシュの方が魔力量は高いのだが、万一にも子どもに怪我《けが》はさせられない。

ジョッシュはハンクの気遣《きづか》いに気づいたようだ。そして本気で遊んでくれようとしていることも。ジョッシュの顔が、これ以上ないほど輝《かがや》いた。

ハンクはローブの袖《そで》をまくり、呪文《じゅもん》を唱えた。でこぼこした作品が、五倍の大きさに膨《ふく》れ上がる。さあ、いざ勝負だ。

「いくよ、魔術師のお兄ちゃん!」

「おうよ!」

二人は満面の笑みで、芸術作品をぶつけ合った。

◆◆◆

◆◆◆

厩舎《きゅうしゃ》の奥の馬房《ばぼう》で、床に描《えが》かれた魔法陣《まほうじん》が光を放つ。

その中心で、黒狼も同じく光に包まれて宙に浮いていた。

クライドは口の中で転がすように呪文を唱え続けた。端整《たんせい》な顔に大粒《おおつぶ》の汗が浮かぶ。偽《にせ》の結界を張りながら、転移魔法を使うのは容易ではない。

黒狼も自身の魔力を最大限に発しているものの、すでに寿命《じゅみょう》を過ぎた体である。クライドの負担は大きい。

それでもクライドは安堵《あんど》していた。これでようやく恩返しができる。

『――だろうか？』

集中していたせいで、黒狼の質問を聞き逃《のが》した。

「えっ？　今、なんて言った？」

『魔術師たちは大丈夫《だいじょうぶ》だろうか？』

「ああ。心配ない」

クライドはハンクとジャンヌを信頼《しんらい》している。彼らなら必ず足止めをしてくれるはずだ。

（しかし弟たちは嫌《いや》なタイミングでやってきたな）

ハンクたちに言ったとおり、国王は全てをわかっているわけではないだろう。ただ状況《じょうきょう》から何かきな臭《くさ》いと感じ、これ以上余計なことはするなとクライドを牽制《けんせい》しているだけなのだ。

(転移魔法はもうすぐ完成する。これ以上、邪魔《じゃま》をしないでもらいたい)

今の状態では、とてもこれ以上相手をする余裕はない。だが――。

「……!?」

神経を研《と》ぎ澄《す》ましていたせいか、厩舎の外の気配を感じとれた。

まさか……。背中を冷たいものがつたう。

『どうした?』

クライドのただならぬ状態に気づいたのか、黒狼が鋭《するど》い口調で聞いた。

ゆっくりと答える。

「兄上がここに来た」

アシュリーが厩舎の前で見張りをしていると、母屋《おもや》の方から軍服姿の兵士たちが向かってきた。それだけでもひやりとするのに、兵士たちの中心に一人の男性の姿があった。

見事な金髪《きんぱつ》はクライドと、そしてユーリを彷彿《ほうふつ》とさせる。

（まさか……ね？）

弟たちはハンクとジャンヌが足止めしているはずだ。それに彼は、クライドより遥《はる》かに年上に見える。

（金髪の人なんて大勢いるわ）

今は王妃《おうひ》の誕生日パーティーの真っ最中である。伴侶《はんりょ》が姿を見せない王族や貴族のパーティーなんて有り得ない。

頭に浮かぶ嫌な考えを急いで打ち消し、アシュリーはじっと彼を見据《みす》えた。

金糸で縁取《ふちど》りされた赤い豪奢《ごうしゃ》なマントを羽織っている。その胸元《むなもと》にトルファ王家の紋章《もんしょう》が刺繍《しゅう》されているのが、近づくにつれてはっきりと見えた。そして、あざやかな緑色の目――。

「……国王陛下？」

本物だわ。愕然《がくぜん》とつぶやいた途端《とたん》、

「やあ、君がアシュリー嬢《じょう》だね？　初めまして」

「は、はい！　お初にお目にかかります、陛下」

慌《あわ》てて深くお辞儀《じぎ》した。どうしてここにいるの？　驚《おどろ》きと不安で心臓がバクバクいっている。

国王が鷹揚《おうよう》に笑った。

「楽にしてくれ。もうすぐ私の義妹《いもうと》になるのだから。今まで結婚話《けっこん》に興味も示さなかった弟が一体どんな女性を選んだのか、とても興味があったんだよ」

「おっ、畏《おそ》れ多いことです」

「謙虚《けんきょ》だねえ。クライドとは大違《おおちが》いだ。頼《たの》むから顔を上げてくれないか」

アシュリーはゆっくり顔を上げて、ちらりと厩舎を振《ふ》り返った。

中の様子が心配でたまらない。転移魔法はまだ終わっていないはずだ。今、国王に乗り込まれたら全《すべ》てが無に帰してしまう。ここは自分が足止めをしないといけない。

覚悟《かくご》を決めて、微笑《ほほえ》む国王を見つめた。

「あの、今日はどういったご用件でしょうか……？」

「弟二人が先に来ているはずだが、どこにいる？　ああ、もう厩舎の中かな」

さっさとアシュリーの横をすり抜《ぬ》けようとする。アシュリーは慌てて声を上げた。

「いえ、中にはいらっしゃいません！」

「ほう。では、どこにいる？」

「えっ……あの、わかりません」

彼らは応接室で待っている、とフェルナンが言っていた。だが、今もそこにいるのかはわからない。

(時間を稼《かせ》がなくちゃ……！)

「あの！　クライド様は、国王陛下の前ではどういう感じなのですか？」

奮起して、精一杯《せいいっぱい》声を張り上げた。国王が面白《おもしろ》そうな顔で足を止めた。

「そうだな。いつもニコニコと笑っているかな」

「仲がよろしいんですね」

意外である。それでも思いがけず嬉しい。微笑んだアシュリーに、国王が言う。

「愛想笑《あいそわら》いというやつだな。おそらく、腹の中では全く別のことを考えているだろう。その証《しょう》拠《こ》に、クライドが私にかける言葉は実に辛辣《しんらつ》なんだ」

「……そうですか」

「特にサージェント家を継《つ》いでから、その傾向《けいこう》がひどくなった。宮殿《きゅうでん》にもちっとも顔を見せなくてね。寂《さび》しい限りだよ」

なんと答えていいかわからない。

黙《だま》って次の手を考えていると、国王が値踏《ねぶ》みするような視線を寄越《よこ》した。

「君の前では、クライドはどんな感じなのかな？」

「えっ、そうですね。私の前でも、いつも笑っている気がします」

面白そうだったり、優《やさ》しいものだったり、からかうようなものだったりと色々だけれど。

「へえ」

国王が興味深そうな笑《え》みを浮《う》かべた。ふと、その笑い方が誰《だれ》かに似ていると感じた。

「二人でどういう会話をするんだい？　私と二人だと、壊滅的《かいめつてき》に話が弾《はず》まなくてね。私はなんとか広げようと思って頑張《がんば》るのに、クライドが容赦《ようしゃ》なく会話を切ってくるんだよ。困ったものだ」

どういう会話か？　真剣《しんけん》に考えてから言った。

「私とでも、弾むという感じではないですね」

ただし話を切っているのはアシュリーのほうかもしれないけれど。

国王が軽く目を見張り、そして明るく笑った。

「そうか。私に対する態度と、アシュリー嬢に対する態度が一緒《いっしょ》ということは、私は自分で思っているよりもクライド様に好かれているらしい。よかったよ」

（そうか。陛下はクライド様に似ているんだわ）

人をくったような話運びが。さすが兄弟だと感心していると、国王の口調ががらりと変わった。

「それで我が弟は今、何をしようとしているのかな？」

「えっ……」

（嘘《うそ》!?　ばれているの？）

「なっ、何もしておりません。陛下」

なんとかごまかそうと冷静に返したつもりだ。それなのに声が裏返ってしまった。嘘が下手《へた》だと母が呆《あき》れていたことを思い出す。

「ほっ、本当です！」

自分でも泣きたくなるほどだ。

けれど今は、それを情けなく思う時ではない。アシュリーは必死に国王を見返した。

「とても信じられないな。君は、国王である私に嘘をつく気か？」

冷たい声に背筋がゾッとした。相手はこの国で一番偉《えら》い方だと、改めて痛感した。それでも黒狼《こくろう》をきちんと送り届けたい。

アシュリーは小さく息を吸った。決意して、両手を強く握《にぎ》りしめる。

「――陛下、クライド様が何をしているかは申し上げられません。けれどクライド様は今、とても頑張っておられます。自分の目的のためだと言われればそれまでですが、でも他《ほか》の者の、者たちのためでもあるんです。私にとっても大事な人で、だから私は心から応援《おうえん》したいんです」

「その大事な者のためなら、私に嘘をついてもいいと？」

「私は今、嘘をついておりません！」

きっぱりと言い放つと、国王が小さく目を見張った。

アシュリーは視線を動かさなかった。緊張《きんちょう》で息が苦しい。けれど、ここで逃《に》げるわけにはいかない。

国王はじっとアシュリーを見つめていたが、やがて驚いた顔をした。

「――君はどこまで知っているんだ？」

「えっ……」

しまった。まさかそちらを聞かれるとは思っていなかった。なんと答えればいいのか。動揺《どうよう》して顔がこわばったその時、背後で厩舎《きゅうしゃ》の扉《とびら》が開く音がした。はじかれたように振り向くと、

「アシュリー」

ああ、クライドだ。微笑む顔を見て、泣きたくなるほどホッとした。

その様子に、勘違《かんちが》いしたクライドが眉根《まゆね》を寄せて国王に言う。

「兄上、俺の婚約者をいじめないでくださいよ」

「何を言うか。私は何もしていないぞ」

「ただそこにいるだけで怖《こわ》い存在だ、と自覚したほうがいいですよ」

恐《おそ》ろしいことを口にしながら、クライドはまっすぐアシュリーの許《もと》へきた。優しい笑顔でアシュリーの頭をなでる。

「終わったんですか？」

小声で聞くと、

「ああ」

と満足そうな顔で頷《うなず》いたので、黒狼はちゃんとフルト島へ行けたのだと安心した。

「一人でよく頑張ってくれたよ」

その言葉に、また目が潤《うる》みそうになった。

クライドがアシュリーをかばうように前に出る。

「改めまして、兄上、お久しぶりです」

「本当に久しぶりだ。中にいるものの様子を見にきたのだが、つい先ほど、その気配が消えたのは気のせいか？」

(ばれているわ！)

体を硬《かた》くしたアシュリーとは対照的に、クライドはうろたえる様子も見せず、それどころか顔を曇《くも》らせてこう告げた。

「ええ、そうなんです。実は先ほど、例のものがその命を終えました。王室にはこれから報告しようと思っていましたが、さすが兄上だ。タイミングがいいですね」

「――そうか。本当にタイミングのいいことだ。ではその遺体をこちらで預かろう」

「残念ながら遺体はありません。驚《おどろ》くことに、命を終える直前、その体が強烈《きょうれつ》な光を放ちました。そして宙に溶《と》けるように消えてしまったのです。跡形《あとかた》もありませんでした」

「消えた？」

「ええ、全《すべ》てがね。残ったのはからっぽの廐舎だけです。まあ、そもそも生態もよくわからない伝説の生き物ですから、そんなものなのでしょう」

「――なるほど。ユーリとジョッシュはどうした？　中にいるのか？」

「さあ？　姿を見ていませんから。屋敷《やしき》のどこかで遊んでいるのでは？」

首を傾《かし》げてとぼける。不機嫌《ふきげん》そうに眉根を寄せた国王に、笑って続けた。

「それより義姉上《あねうえ》の誕生日パーティーはどうしたのですか？　国内の重鎮《じゅうちん》たちも参加する、一大イベントでしょう。兄上が欠席だと面目《めんぼく》が立たないのでは？」

「誕生日パーティーは来月に変更《へんこう》になった。前もって各所に通達済みだ」

「――俺は聞いておりませんが」

「そうか。どうやらお前の所だけ忘れていたようだ」

二人が真剣な顔で見つめ合い、そしてすぐに笑い合った。

（怖いわ……！）

アシュリーは腹の中での化かし合いは苦手なのだ。

「明日にでも宮殿に報告にあがりますよ。だからそろそろ、兵士や弟たちを連れて帰ってもらえますか。邪魔《じゃま》なので」

こんなことを笑って国王に言えるのはクライドくらいである。

だが国王は首を横に振《ふ》った。

「いや、来たばかりだからな。アシュリー嬢《じょう》にもずっと会いたいと思っていたのだ。もう少し話がしたい」

（なんて恐ろしい……）

緊張の極致《きょくち》で膝《ひざ》がガクガクしてきた。できるなら早く帰ってもらって、暗くて狭《せま》い布団《ふとん》の中で落ち着きたい。

アシュリーの心の内を読み取ったのか、クライドが渋《しぶ》い顔を作って言った。

「残念ながら兄上、俺はこれまで例のものの世話で、宮殿にも顔を出せないくらい忙《いそが》しかったんです。ですからせっかく婚約《こんやく》したのに、全くといっていいほど二人きりの時間を過ごせていないんですよ」

アシュリーの肩《かた》を、そして腰《こし》を強く引き寄せる。

国王の前で軽く抱《だ》き合う格好になり、心の中で悲鳴をあげた。

（何これ……！）

早く帰すためにクライドがわざとしている、とわかっている。それでも恥《は》ずかしくて頰《ほお》が熱くなる。

アシュリーはクライドの胸に顔を押しつけた。怖いとか、嫌《いや》だとか、そういう感情は一切湧《いっさいわ》かない。ただ赤くなった頰を隠《かく》したいのと、安心できる人の腕《うで》の中に助けを求めただけだ。

クライドが驚いているのがわかった。てっきり嫌がると思ったアシュリーが、自ら頰を寄せてきたのだから当然か。

そんなに驚かなくていいのに。悔《くや》しさすら感じて、顔を押しつけたまま目だけ離《はな》して見上げた。

啞然《あぜん》としていたクライドの顔が、やがてゆっくりとほころんだ。

なんて顔で笑うんだろう。胸が苦しくなる。けれど決して不快な苦しさではない。むしろ嬉《うれ》しくて心地《ここち》いい――。

ふと横に視線を向けると、国王がこちらを凝視《ぎょうし》していた。そうだ、国王の御前《ごぜん》だった。慌《あわ》てて離れようとして、その視線がまっすぐクライドに向けられているのに気がついた。そして今まで見たこともない顔で笑う弟に、かすかに微笑《ほほえ》んでいることも。

（どうして……？）

先ほどまでの腹に一物ある笑《え》みとは違う。まるで弟を心配し、ようやく安心した『兄』の顔だ。

（もしかして、クライド様のやることに反対していたんじゃないの……？）

ふと、そんな考えが湧いて出た。

「戻《もど》るぞ」と、国王が兵士たちに声をかけた。そして皮肉げな笑顔で振り向き「クライド、公《こう》聴会《ちょうかい》には出席しろよ。王室関係者たちからしつこく追及《ついきゅう》されるだろうな。お前なら難なくこなすだろうが、まあ、いい気味だ」

「一言余計ですが、わかりました」

「例のもののことで、国民に不都合は起きないんだな？」

鋭《するど》い口調で確認《かくにん》する。

「ええ。起きません」

クライドも真剣《しんけん》な顔で頷いた。

「そうか。――では宮殿《きゅうでん》へ戻るとしよう。王妃《おうひ》もアシュリー嬢に会いたがっている。また、いつでも来てくれ」

身をひるがえし、クライドから見えなくなった途端《とたん》、国王の顔に満足そうな笑みが浮《う》かんだ。

やっぱりと確信し、アシュリーはたまらず声を上げた。

「あの！　ひょっとして陛下は、実はクライド様の味方……まではいかなくても、クライド様の行為《こうい》を本当は認めていたり……したのですか？」

「えっ？」と、ぽかんとするクライドの前で国王が目を見張った。そして大きく息を吐《は》き、

「アシュリー嬢はその姿に似合わず鋭いな。――認めてはいないが、王族の立場もプライドも捨て去って一人きりでやり遂《と》げようとしているクライドに、すごいなと思ったのは事実だ」

クライドが唖然としている。

国王は顔をしかめた。

「そんな顔をするな。もちろん私はこの国の王だから、国と国民が一番大事だ。だがお前を見ていたら、国に、ひいては国民に迷惑《めいわく》をかけないのなら見逃《みのが》してやろうか、とちょっと思っただけだ。まあ、あれを望み通りにできるなんて到底《とうてい》考えていなかったがな。お前は――お前たちは、私の考えの上をいったよ」

国王がアシュリーを見た。すぐにクライドに視線を移し、微笑む。

「いい婚約者を見つけたな」

クライドは大きくまばたきをした。

敵《かな》わないな、と言いたげに天を仰《あお》ぎ、それから笑って「ええ」と頷いた。

再び歩き出した国王が、足を止めた。真顔で振り返る。

「それと少し前に、王室長官から報告を受けた。クライド、お前、わざわざ宮殿にやってきて魔術師長を褒《ほ》めたんだってな。『部下のハンクとジャンヌはとてもいい魔術師だ。派遣《はけん》先の当主であるクライドの命令をよく聞く。国王にも近々そう報告するので、魔術師長からもぜひ褒めてやってほしい』と言ったとか」

「ええ。事実です」

「それは、いざという時のための布石か？　例のものの件がうまくいかなかった場合、責任は全て命じたお前だけにあると、王室長官と魔術師長から報告してもらおうという？」

「まさか。考え過ぎですよ」

クライドは笑って否定したけれど、国王の言うとおりなのだとアシュリーにもわかった。

何があろうとハンクとジャンヌに咎《とが》はないという布石を、クライドはすでに打っていたのだ。

すごい人だ。感嘆《かんたん》すると同時に、けれどもしそうなっていたら自分はすごく嫌だ、と心の底から湧いた本心に驚きもした。一人で全て背負い込むなんて悲し過ぎる。

唇《くちびる》を噛《か》みしめるアシュリーの前で、

「そうか。では、またな」

国王が兵士たちを引き連れて帰っていった。

クライドの腕の中で、その後ろ姿を見送った。金の髪《かみ》と赤いマントが徐々《じょじょ》に見えなくなる。とにもかくにも終わったのだ、と大きく息を吐いたところへ、

「クライド様――！」

ハンクとジャンヌが走ってきた。弟たちも宮殿へ帰ったようだ。

そこでようやく自分たちの状態に気がつき、アシュリーは慌ててクライドの腕の中から逃れた。まさかハンクたちの前でも、このままでいるわけにはいかない。

急いで離れていったアシュリーに、クライドが残念そうな顔をした。

「クライド様、黒狼《こくろう》は？　黒狼はどうなったんです⁉」

無事にフルト島へ行けたと聞き、ハンクとジャンヌが「やった！」と満面の笑みで、両手を振り上げた。

「うまくいって本当によかったです……」

アシュリーが本心からつぶやくと「そうだね」とクライドが笑った。その屈託《くったく》のない笑みから、アシュリーの心のモヤモヤには気づいていないとわかる。

どう言葉にすればいいか迷っていると、ハンクが空を見上げてつぶやいた。

「今頃《いまごろ》、黒狼もこの空を見ていますかね」

寂《さび》しそうな声だ。同じ方向を見るジャンヌの目も潤《うる》んでいる。

切なくなり、それでもアシュリーは笑顔で頷《うなず》いた。

「見ていますよ。きっと満足げな顔をされているはずです」

きっとそうだ。希望が叶《かな》って夢に思いを馳《は》せる、満ち足りた顔をしているに違《ちが》いない――。

アシュリーも空を仰ごうとすると、クライドと目が合った。緑色の目がゆっくりと微笑む。

アシュリーも素直《すなお》に笑い返した。


その日の夜、アシュリーは応接室でクライドと向かい合ってお茶を飲んだ。香《かお》り高いハーブティーのお茶《ちゃ》請けは、もちろん人参《にんじん》クッキーである。

黒狼がマントと帽子《ぼうし》と靴下《くつした》を大事に口にくわえて持っていったと聞き、声をあげて笑った。

予想以上に気に入ってくれていたと嬉しくなる。

そんなアシュリーを見て、クライドも微笑んでお茶を飲んだ。

アシュリーはふと思い出し、心配になって聞いた。

「公聴会は大丈夫《だいじょうぶ》なんですか？」

黒狼が消えたことについて、王室裁判所で追及されるのだ。

「大丈夫だよ。なんとかするから」

そして、からかうような口調で続けた。

「心配してくれてるの？」

「もちろんです」

当たり前じゃないか。心配に決まっている。それにクライドが暗に魔術師長《まじゅつしちょう》に言ったという、『いざとなったら全《すべ》ての咎は自分がかぶる』についても、まだ心に引っかかってモヤモヤしているのだから。

だから、からかわれるなんて心外である。ムッとすると、クライドが大きく目を見張った。

「――そうか」

「そうですよ」

すると、一転して嬉《うれ》しそうな笑みを浮かべたクライドに手招きされた。

「……なんですか？」

渋々《しぶしぶ》近づくと、突然《とつぜん》体を引き寄せられた。次の瞬間《しゅんかん》、アシュリーはクライドの腕《うで》の中にいた。

「あ、あの……？」

「婚約者《こんやくしゃ》だからね」

それはそうだ。それに少し戸惑《とまど》うものの、ちっとも嫌《いや》ではない。むしろ少し嬉しかったりする。国王に会った時と同じだ。

（最初は怖《こわ》いとしか思わなかったのに……）

「宮殿の謁見《えっけん》の間で、アシュリーに出会えてよかったよ」

満ち足りた声が頭の上から降ってきて、アシュリーはそのままそっと目を閉じた。

静かな時間が流れる。窓から入ってくる風は少し冷たいけれど、クライドの腕の中は温かい。

「ハンクとジャンヌだけど、黒狼がいなくなったから、近いうちに宮殿《きゅうでん》に戻《もど》らないといけないんだ」

二人は魔獣《まじゅう》の世話兼《けん》クライドの護衛として、サージェント家に派遣されていたのだ。

「寂しくなりますね……」

黒狼だけでなく、ハンクとジャンヌともお別れなのだ。せっかく仲良くなれたのに。

しゅんと肩《かた》を落とすと、元気づけるためかクライドが軽い口調で言った。

「貴族令嬢《れいじょう》はもっと高飛車でわがままだと思っていたよ。やっぱり前世が前世だから、アシュリーはちょっと違うのかな」

「……前世は確かにウサギでしたけど、今の私は人間です」

どこからどうみても立派に人間である。不服を込めて言い返すと、クライドが面白《おもしろ》そうな笑《え》みを浮《う》かべた。

「そう？　じゃあ令嬢らしく、何かわがままでも言ってみせてよ」

緑色の目が楽しそうに輝《かがや》いている。

（からかわれているわ）

釈然《しやくぜん》としないので、無言の抗議《こうぎ》としてクライドの腕から抜《ぬ》け出そうとした。けれどがっちりと押さえられているせいで逃《に》げられない。

「……放してもらえませんか？」

「嫌だよ。婚約者だからね」

ますます強く抱《だ》きしめてくるのに、髪をなでる手つきは優《やさ》しい。

嬉しさと切なさが胸いっぱいに広がる。そこで先ほどのモヤモヤした気持ちを思い出した。

『いざとなったら全ての咎は自分がかぶる』──クライドらしい言葉だと思う。自分一人で背負い込み、責任も重圧も全て一人で負う覚悟《かくご》をしていた。

（何よ、それ……）

アシュリーのことを、本当の味方だと言ったではないか。人間と魔族の壁《かべ》を飛び越《こ》えてわかりあえる唯一《ゆいいつ》の人。これからずっと一緒《いっしょ》に、隣《となり》にいる婚約者。

それなのにクライドは何も言わず、一人きりで背負おうとした。そんなことは悔《くや》しいし、寂し過ぎる。

アシュリーはクライドを見上げた。

「私は婚約者なんですよね？」

「そうだね」

「じゃあ──」

クライドの言う『令嬢らしいわがまま』。アシュリーが今、心の底から切実に思うことは——。

「これからは、どんなことでも私に言ってください。教えてください」

クライドがこれから何をしようとしているのかを。そして、

「それがどんなことでも、私に半分背負わせてください」

ジャンヌやハンクと、皆《みな》で黒狼を送ったように。

一人ではできなくても、二人ならできることはきっとある。

「約束してください」

切なる願いに、クライドが大きく目を見張った。まばたきもせず、一心にアシュリーを見下ろす。

アシュリーは目をそらさなかった。そらしたら負けだ。これから絶対に、このわがままを聞いてもらわなくてはならないのだから。

やがてクライドの視線が惑《まど》うように揺《ゆ》れた。ゆっくりとまぶたを閉じる。長いまつ毛がかすかに震《ふる》えて、そして、

「わかった」

と、小さな声が聞こえた。その瞬間、アシュリーはさらに強く抱きしめられていた。

「ありがとう……」

続いて降ってきた声は、今まで聞いた中で一番、安堵《あんど》を含《ふく》んだ響《ひび》きだった——。

クライドの腕の中でアシュリーはじっとしていた。いつまでたっても抱きしめる強さが緩《ゆる》まないからだ。けれど、それを幸せだと感じるから不思議だ。

しばらくして、

「他《ほか》には？」

「えっ？」

「他に令嬢らしいわがままはある？」

からかいを含んだ声の調子に、クライドが復活したのだと悟《さと》った。

アシュリーの頭頂部にくっつけられた口元が笑っているのがわかる。けれど抱きしめる腕は相変わらず力強くて、絶対に放したくないという気概《きがい》が感じられた。

よし。ここはなんとしても令嬢らしく、クライドをあっと言わせるわがままを考えよう。

悔しさも相まって、アシュリーは真剣《しんけん》に考えた。

（わがままね。私が今やりたいことは――えーっと……？）

どうしよう。特に思いつかないではないか。

サージェント家の人たちは、とてもよくしてくれる。

黒狼《こくろう》もフルト島へ送り届けられたし、しいて言えばハンクやジャンヌともっと一緒にいたい。

けれど彼らは魔術師だから宮殿での仕事があるだろう。

それを邪魔《じゃま》はできないし、クライドは王弟《おうてい》なので、婚約者のアシュリーはいつでも宮殿へ会いにいける。クライドも、行きたい時はいつでも連れて行くよ、と以前に言っていたし。

（うーん……）

他にあるかしら。眉根《まゆね》を寄せて、さらに真剣に考えた。

そんなアシュリーを見下ろし、クライドがますます面白そうに笑っている。

他の望みはと言われたら、明日の朝食は人参《にんじん》のポタージュがいいなあ、や、狭《せま》い場所が好きだから寝室《しんしつ》はもっと小さくてもいいかな、などしか思い浮かばない。

（駄目《だめ》よ。そういうことじゃないわ！）

困り果てて辺りを見回した。月明かりの下、広いバルコニーへ続く掃《は》き出し窓《まど》から、夜の闇《やみ》に溶《と》ける木々の黒いシルエットが見えた。

（あれだわ！）

ついに思いついた。小躍《こおど》りしたい気分で、張り切って告げた。

「じゃあ、私に綺麗《きれい》な景色を見せてちょうだい！」

自分ではわがままを言ったつもりだったし、自信もあったけれど、与《あた》えた印象はどうも違《ちが》ったようだ。

途端《とたん》にクライドが噴《ふ》き出した。背中を丸め、アシュリーの肩に顔を押しつけながら盛大に笑っている。

「……いいね。アシュリーは最高だよ……！　それ絶対、窓の外を見て思いついたよね？　綺麗な景色って……夜だから暗くて何も見えないし」

見事なほど見抜かれている。なぜだろうと遠くを見たが、クライドはまだ笑っている。

なんだかモヤモヤしてきたので、再び腕《うで》の中から抜け出そうとした。

今度はあっさりと成功した。やったと喜んだけれど、それはクライドが腕を緩めたからに他ならない。どうして緩めたのかと警戒《けいかい》したその瞬間《しゅんかん》、

「承知しました。婚約者殿《こんやくしゃどの》」

クライドが気取った調子で片手を胸に添《そ》え、上体を少しだけ倒《たお》した。

そしてアシュリーの首と腰《こし》の下に手を差し入れると、力を込めて持ち上げた。

「ひあっ……⁉」

驚《おどろ》き過ぎて変な声が出た。

（こ、これは俗《ぞく》に言う、お姫様《ひめさま》抱っこ⁉）

「下ろして！　下ろしてください！」

狼狽《ろうばい》と恥《は》ずかしさから必死に訴《うった》えるも、

「えー、嫌《いや》だけど」

と、笑顔でかわされた。なんてことだ。

「下ろしてくださいったら！」

「でも綺麗な景色が見たいんだろう？」

放す気などさらさらなさそうな顔で、クライドはアシュリーを抱いたまま、半分ほど開いていた掃き出し窓からバルコニーへと出た。

「寒くない？」

優しく聞かれたけれど、アシュリーは頷《うなず》くだけで精一杯《せいいっぱい》だ。

「本当に放して――！」

「動くと落ちるよ」

落ちるのは困る。途端に動きを止めたアシュリーに、クライドが微笑《ほほえ》んだ。

吹《ふ》き抜ける夜風が、火照《ほて》った頬《ほお》に気持ちいい。

空を見上げると、夜の闇にちょうど半分の月が浮《う》かんでいた。空気が乾燥《かんそう》しているせいか、月の輪郭《りんかく》がくっきりとしている。

黒狼も同じ月を見ているだろうか。抱かれたままクライドを見上げると、クライドもまた空を仰《あお》いでいた。

同じことを考えている。

嬉《うれ》しくなったアシュリーは再び夜空に視線を移し、一緒に月を眺《なが》め続けた。

ない。


「それではクライド様、アシュリー様。長い間お世話になりました」

荷物の入った旅行鞄《りょこうかばん》を手に、ハンクは笑って言った。

魔術師長から引き揚《あ》げ命令が出たので、これからジャンヌとともに宮殿《きゅうでん》に戻《もど》らなければならない。

「寂《さび》しくなります……」

サージェント家の門の前で、アシュリーが泣きそうな声で言った。

（この方がここにきてくれてよかったな）

自分たちにとっても、黒狼にとっても、そしてクライドにとっても。心からそう思う。

ジャンヌが笑って言った。

「また遊びにきます。アシュリー様もぜひ宮殿に遊びにきてください」

「そうっすよ。いつでも来られますよ。なんたって国王陛下の義妹《いもうと》になるんですから」

アシュリーが畏《おそ》れ多いと言いたげに、ぶんぶんと首を横に振《ふ》る。その様子に、ハンクはジャンヌと一緒《いっしょ》に笑い、

「それじゃあクライド様、長い間お世話になりました」

四年間仕えた主人に別れを告げた。

クライドは穏《おだ》やかな笑《え》みを浮かべているけれど、その目に寂しげな色がこもっているのに、ハンクは気づいていた。

サージェント家の主人がクライドでなければ、自分たちはあそこまで協力しなかっただろう。

「こちらこそ世話になったよ。元気でな」

「はい。さようなら」

まさに後ろ髪《がみ》を引かれる思いだ。それでも湿《しめ》っぽい別れは嫌だ。黒狼を見送った時と同じように、笑顔で別れようとハンクは決めていた。

ジャンヌも同じ気持ちだったようで、二人は笑って宮殿へ向かう馬車に乗り込んだ。

途端に、

「――何を泣いてるんだよ？」

「うるさいわね。あんたもでしょう」

向かいに座るジャンヌが、両手で顔を覆《おお》ったまま涙声《なみだごえ》を出した。

寂しさは一緒なのだ。よくわかる。

ハンクも目尻《めじり》ににじんだ涙を、指でぬぐった。

こんな時に、互《たが》いにかける言葉なんてない。無言でうつむき合っていると、静かに馬車が出発した。

ああ、離《はな》れていってしまう。

たまらなくなったハンクの前で、ジャンヌが涙を拭《ふ》いた。車内の小窓から外を眺めてつぶやく。

「またアシュリー様に、人参クッキーを作って届けにいくわ」

ハンクの心に明かりが灯《とも》った。それはいい考えだ。

「いいじゃん。今夜作ってくれよ。それで明日、届けにいこう。もちろん俺も一緒に行く」

「明日って……さっきお別れしたばかりなのに早過ぎるでしょう?」

「じゃあ明後日《あさって》だな」

ニヤリと笑うと、ジャンヌがこちらを見た。それから同じようにニヤリと笑い返してきた。

「いいえ、明日にしましょう」

アシュリーは厩舎《きゅうしゃ》にいた。からっぽの馬房《ばぼう》はがらんとしている。

今までは床《ゆか》の中央に黒狼《こくろう》がいて、その周りでハンクとジャンヌが働いていたのに、今は誰《だれ》もいない。クライドだけだ。

「静かですね」

魔術師《まじゅつし》二人が綺麗に掃除《そうじ》をしていってくれたので、余分な荷物はおろか、塵《ちり》一つ落ちていない。そのことが、ここではもう何もすることはないと示しているようでたまらなく悲しくなった。

「そうだな」

と、返ってきたクライドの声も寂しげだ。

黒狼がいた頃は閉め切っていた鎧戸《よろいど》も、全《すべ》て開け放たれている。そのため、これまでとは打って変わって馬房内は明るい。もうランタンも必要ない。

(同じ場所なのに全く違《ちが》うように見えるわ……)

皆《みな》がいた馬房とは——。

唇《くちびる》を噛《か》みしめてうつむくアシュリーに、クライドが穏やかな口調で言った。

「ここに馬を飼おうと思う。もう一つの厩舎と同じようにね。たくさんの馬がここで育って、やがて仔馬《こうま》が産まれたら、とてもにぎやかになると思うんだ」

想像してみた。静かな馬房中に馬のいななきがあふれる。黒狼が寝《ね》ていた場所で小さな仔馬が一生懸命《いっしょうけんめい》歩いていたら、それはとても楽しい光景だろう。

ぽっかりと穴が開いた心に、爽《さわ》やかな風が吹き込んだ気がした。アシュリーは笑顔で頷いた。

「いいですね。楽しそうです」

クライドが笑い返す。そして、からかうように、

「同じように、母屋《おもや》にも子どもが生まれてにぎやかになるといいね」

にぎやかなのは楽しそうだ。

「はい。いいですね」

あまり考えず頷くと、クライドが真顔になった。小さく目を見張っている。

(どうしてこれほど驚《おどろ》いているのかしら?)

意味がわからず、しばし考えた。この馬房で仔馬が産まれてにぎやかになる。つまり母屋にも赤ちゃんが生まれて――。

そう思い至り、うろたえた。自分はなんてことを笑顔で頷いていたのか。

焦《あせ》るアシュリーを見て、クライドが安心したように息を吐《は》いた。

「よかった。いや、よくはないけど驚いたよ」

「もっ、もちろんです」

そんなこと考えていませんから、との思いをこめて何度も大きく頷いた。

ところがクライドは、そこまでされると逆にかんに障《さわ》ったようだ。ますますいたずらっぽい笑みを浮かべて、

「でもアシュリーも承諾《しょうだく》してくれた、ということだね。よかったよ。じゃあ、早速《さっそく》今夜――」

「もうすぐ夕食の時間ですよ! 行きましょう。今すぐ行きましょう!」

慌《あわ》てて駆《か》け出すアシュリーに、クライドが楽しそうに笑った。けれどその目には、確かに残

念そうな色もこもっていた。

食堂に着くと、ちょうどメイドたちが夕食の皿を並べているところだった。

「お支度《したく》ができましたよ」

テーブルにつき、ヒラメのマリネや野菜サラダを口に運ぶ。サージェント家の料理は今日も美味《おい》しい。

ふと視線を感じて顔を上げると、微笑《ほほえ》むクライドと目が合った。食事をするアシュリーを見つめていたのだとわかった。

「……なんでしょう？」

「いや、ここで初めて一緒に夕食をとった時とは大違いだなと思って」

確かにあの時は、勇者の子孫であるクライドが怖《こわ》かった。同じ空間にいることにすら恐怖《きょうふ》を感じたから、アシュリーの行動はさぞかし挙動不審《ふしん》だったことだろう。

けれど今は、もう違う。

「だって婚約者《こんやくしゃ》ですから」

その言葉が本心からだとわかったのか、クライドが目を見張った。そして嬉《うれ》しそうに笑った。

そんな二人の様子を、給仕《きゅうじ》をするメイドたちが微笑ましげに見つめている。

デザートはガラスの器《うつわ》に入った、洋梨《ようなし》のコンポートだった。果肉を砂糖水で煮込《にこ》んだもので、ジャムよりも水分が残っているため瑞々《みずみず》しい。

（洋梨だわ）

ツヤツヤと輝《かがや》く洋梨に、ふと前世を思い出した。

黒ウサギは果物が好きで、果実が生《な》る時季になると、よく仲間と一緒に食べにいった。

苺《いちご》や葡萄《ぶどう》も美味しかったけれど、洋梨は格別のごちそうだった。

黒ウサギたちは木登りができないため、いつも、熟し過ぎて地面に落ちた実を拾って食べるしかない。

けれど一度だけ、皆で協力して、木に生っている実を採ったことがある。

一匹《ぴき》の黒ウサギが丸まり、その背中に、もう一匹の黒ウサギが上って丸まる。さらに、その背中にもう一匹の黒ウサギが――とウサギのタワーを作った。

最後に一番身軽な者がてっぺんに乗り、短い両手と口を使って、なんとか洋梨をもいだ。

今世がアシュリーの黒ウサギは、残念ながら運動神経が悪かったため、下のほうで頑張《がんば》った。

ぐらぐらと揺《ゆ》れる恐怖と仲間の重みに耐《た》えながら、洋梨の甘さを思い浮《う》かべて必死に頑張ったものだ。

一個だけ採れたその洋梨に、黒ウサギたちは耳をぴんと立てて群がった。押し合いへし合いしながら、甘い匂《にお》いを放つ洋梨をかじる。

傍《はた》から見たら、黒く大きな塊《かたまり》がうごめいていたことだろう。

それでも初めて食べた、熟し過ぎていない洋梨。皆で分け合ったため一口しか食べられなかったけれど、とろけるような甘さがいつまでも口に残り、幸せな気分になったものだ。

——そんなことを思い出し、アシュリーはコンポートをスプーンですくった。

瑞々しい洋梨の甘さが口いっぱいに広がる。

(最高だわ。今世は人間でよかった……！)

一口どころか、器いっぱい食べられるのだから。

スプーンを持ったまま感動にひたっていると、

「これもどうぞ」

クライドが笑いをこらえながら、自分の分をアシュリーの方に押しやった。

「食後のコーヒーは応接室にお持ちいたしますね」

メイドの言葉に、クライドと応接室へ移った。オレンジ色の明かりがともった室内は、柔《やわ》らかな空気に満ちている。

ソファーに座り、濃《こ》いコーヒーの入ったカップにたっぷりとミルクを注いだ。

(ミルクを入れる前のコーヒーの色って、まるで黒狼様の毛の色だわ)

そんなことを考えていたら、知らず知らずのうちに微笑んでいたようだ。

「どうして笑ってるの？」

「えっ？　まるで——」

と言いかけて、向かい合うクライドもまた満ち足りた顔で微笑んでいることに気がついた。

「クライド様こそ、どうして笑っているんですか？」

「んっ？　幸せだなと思って」

何が幸せなのか、言葉にされなくてもわかった。

胸が熱くなり、思わず「私も――」と口にして、ハッとした。

どうしよう。一旦《いったん》気がついてしまったら、恥《は》ずかしくてこの先の言葉を続けられない。どうやって誤魔化《ごまか》すか、必死に考えた。

けれど、それをクライドが見逃《みのが》すはずもなく、

『私も――』の続きは？」

と嬉しそうな顔で聞かれた。

また、からかわれている。少し悔《くや》しくもなったけれど、思えばいつもクライドから言ってもらってばかりだ。たまにはアシュリーも言いたい。というか、言ったほうがいいのかもしれない。覚悟《かくご》を決めて、小声で言った。

「……私も、幸せです」

クライドといることが。

さすがに照れくさくて顔を上げられない。

だがめずらしく、クライドから何も返ってこない。おかしいなと思い視線を向けると、クライドが呆気《あっけ》に取られた顔で固まっていた。

「クライド様？」

我に返ったようにクライドがまばたきをして、そして右手で顔を覆《おお》った。

驚くことに、長い指の隙間《すきま》から覗《のぞ》くクライドの顔が赤くなっていた。視線も落ち着きなく、床《ゆか》の辺りをさまよう。こんな顔を見るのは初めてだ。

「いや、まさかアシュリーから言われるなんて思ってなかったから……」

動揺《どうよう》する姿に、くすぐったいような温かいような不思議な気持ちが込み上げた。

目の前にある金の髪《かみ》。そして緑色の目。勇者がどんな顔をしているのかは知らない。もしかしてクライドと似ているのでは、とここへ来た当初考えて、血の気が引いたけれど——。

（でも、もう大丈夫《だいじょうぶ》）

たとえクライドの顔が勇者と同じだったとしても、大丈夫だと確信できる。全くの別人だ、とちゃんとわかる。

勇者は自分の信念のために魔族《まぞく》を滅《ほろ》ぼし、クライドは自分の信念のために魔獣《まじゅう》を守った。

アシュリーが一緒《いっしょ》にいて落ち着くのはクライドで、一緒にいたいと思うのもクライドだ。

そして、これからもずっと隣《となり》にいたいと思うのも——。

心のままに微笑むと、クライドが眩《まぶ》しそうな顔をして、そして優《やさ》しく微笑み返した。

開け放たれた掃《は》き出し窓《まど》から、緩《ゆる》やかな夜風が吹《ふ》き込む。今夜の風は少し暖かい。

「バルコニーで外の景色を見ませんか？」

夜風が気持ちいいので、と続けようとしたら、クライドが笑って両手を差し出した。

ああ、いつものクライドに戻《もど》ってしまった。少し残念な気持ちになりつつ、言う。

「自分の足で立って見ますから」

またあんなことをされては、とても心臓がもたない。

月夜に白く浮かぶバルコニーに出た。夜風がアシュリーのドレスの裾《すそ》と、ふんわりとした黒《くろ》髪《かみ》を巻きあげていく。

クライドが後ろからそっと手を伸《の》ばし、アシュリーを両腕《りょううで》の中に抱《だ》きこんだ。

「そういえばあの時、全身を毛布にくるんでいたのはどうして？」

耳元でクライドの声がした。洗濯物《せんたくもの》のハンカチを持ってきてくれた時のことだ。

「ああするのが好きなんです」

「暗くて狭《せま》くて静かで、まるでウサギの巣穴みたいだから？」

「……まあ、そうです」

やはり見抜《みぬ》かれていた。不思議なことだ。

「そうしているのが落ち着くの？」

ささやくような優しい声音《こわね》に、アシュリーは素直《すなお》に頷《うなず》いた。

ずっとそのような場所が好きだった。明かりをつけずに薄暗《うすぐら》くした、狭い部屋。自分以外は

誰《だれ》もいない、静かな場所。

けれど——。

アシュリーは振《ふ》り返った。後ろからしっかりと抱きしめられているので、半分も首を回せなかったけれど。

「でも、ここも同じくらい落ち着きます」

愛《いと》おしい人の腕の中も——。

「そうか」

クライドが微笑《ほほえ》んだ。回された腕に力がこもり、ますます強く抱きしめられる。けれどその仕草は優しい。

心地《ここち》いいクライドの腕に身を預けて、改めて幸せだなと思った。

最初にここへきた時とは大違《おおちが》いだ。

ここへきてよかった。クライドと婚約《こんやく》できてよかった——。

そう思いながら、アシュリーは白く輝《かがや》く月を見上げた。

終

あとがき

この度《たび》は『王弟殿下《おうていでんか》のお気に入り　転生しても天敵から逃《に》げられないようです!?』をお手に取っていただき、誠《まこと》にありがとうございます。新山《にいやま》サホです。

本作は小説投稿《とうこう》サイト「小説家になろう」様に掲載《けいさい》していたものを、大幅改稿《おおはばかいこう》したものになります。

このお話は、怖《こわ》がってふるふる震《ふる》えるウサギ（小動物）のような令嬢《れいじょう》がどうしても書きたくて始めました。

動物って見ているだけで癒《いや》されます。つぶらな目で見上げられたり、可愛《かわい》い仕草だったり、他人から見たらちょっと不細工かなという表情もとても可愛く感じます。

私は長い間ハムスターを飼っていまして、今家にいるのは三代目になるのですが日々癒されています。

本作のヒーローであるクライドも毎日頑張《がんば》る中、ぜひウサギのような主人公に癒されてくれたらいいなと思い、このお話を綴《つづ》りました。

そして主人公も震えて怖がってばかりでなく、クライドと接することでどんどん幸せを感じていけたらいいなと。

そんな主人公たちを生き生きと描《えが》いてくださったのが、イラストのｃｏｍｅｔ《コメット》先生です。初めて主人公のイラストを見せていただいた時「あっ、ウサギだ」と思いました。ちゃんと令嬢なのに、どこかウサギっぽいんです。すごい。

最後になりましたが、本作をお手にとっていただき読んでくださった皆様《みなさま》に、深くお礼申し上げます。

ほんの少しでも楽しい時間を過ごしていただけたなら、これほど嬉《うれ》しいことはありません。

どうもありがとうございました。

新山サホ

「王弟殿下のお気に入り 転生しても天敵から逃げられないようです!?」の感想をお寄せください。
おたよりのあて先
〒102-8177 東京都千代田区富士見2-13-3
株式会社KADOKAWA 角川ビーンズ文庫編集部気付
「新山サホ」先生・「comet」先生
また、編集部へのご意見ご希望は、同じ住所で「ビーンズ文庫編集部」
までお寄せください。

王弟殿下《おうていでんか》のお気《き》に入《い》り
転生《てんせい》しても天敵《てんてき》から逃《に》げられないようです!?

新山《にいやま》サホ

角川ビーンズ文庫 22734

令和3年7月1日 初版発行

発行者――青柳昌行
発 行――株式会社KADOKAWA
〒102-8177 東京都千代田区富士見2-13-3
電話 0570-002-301(ナビダイヤル)
印刷所――株式会社暁印刷
製本所――株式会社ビルディング・ブックセンター
装幀者――micro fish

●お問い合わせ
https://www.kadokawa.co.jp/ (「お問い合わせ」へお進みください)
※内容によっては、お答えできない場合があります。
※サポートは日本国内のみとさせていただきます。
※Japanese text only

ISBN978-4-04-111508-4 C0193 定価はカバーに表示してあります。

異世界に救世主として喚ばれましたが、アラサーには無理なので、ひっそりブックカフェ始めました。
和泉杏花《いずみきょうか》
イラスト/桜田霊子《さくらだれいこ》
異世界を救うなんてムリ！……なので趣味に本気出します。
シリーズ好評発売中!
裏サンデー女子部 × KADOKAWA女子ノベル部 × pixiv
第1回異世界転生・転移マンガ原作コンテスト〈優秀賞〉受賞作！
神様に救世主のひとりとして異世界へ送られたツキナ。
世界を救うのは他の若い救世主にお任せして、
私はブックカフェを開いて趣味に生きます！
けれど客として訪れた騎士団長・イルとの出会いで
穏やかな生活に波乱が!?

角川ビーンズ小説大賞
原稿募集中！
君の"物語"がここから始まる！
角川ビーンズ小説大賞がパワーアップ！
https://beans.kadokawa.co.jp
詳細は公式サイトでチェック!!!
【一般部門】&【WEBテーマ部門】
賞金 大賞100万円
優秀賞30万円
他副賞
締切 3月31日
発表 9月発表(予定)
イラスト／紫　真依